講談社文庫

駕《か》籠《ご》屋《や》春秋 新《しん》三《ざ》と太《た》十《じゅう》

岡本さとる

講談社

目次

駕籠屋春秋　新三と太十

一　男伊達

一

文政《ぶんせい》二年も十一月となり、残すところ後僅《あとわず》かとなってきた。

こうなると年の瀬は、あっという間にやってくる。

江戸《えど》の町はそれに備えんとして、一気に落ち着かなくなる。

この慌《あわただ》しさにつられて、人形町《にんぎようちよう》の〝駕籠留《かごとめ》〟では、二人の女の声が日増しにけたたましくなってきた。

二人の女とは、お龍《りよう》とお鷹《たか》――。

駕籠屋の親方・留五郎《とめごろう》の娘で、歳はお龍が二十三、お鷹が二十二。

こういう勇ましい名を付けたのが祟《たた》ったわけでもないのだろうが、とにかくこの姉妹は気丈夫で賑《にぎ》やかだ。

男勝りで通っていた母・お熊《くま》が八年前にぽっくりと逝《い》ってからは、口下手で人のよい留五郎を守《も》り立てねばならぬと姉妹は奮闘してきた。

姉はうりざね顔で、妹は下ぶくれのややぽってりとした様子。

縹緻《きりよう》ではその辺りの娘に決して引けはとらぬものの、母譲りの気性と小娘の頃から続く日々の奮闘が、二人の目に怪龍、猛鳥の輝きを与え、なかなかに男を寄せつけない。

そうして二人はこの界隈《かいわい》では、知る人ぞ知る〝行かず後家姉妹〟となっていたのである。

〝駕籠留〟は、町駕籠が五挺《ちよう》、駕籠舁《か》き十枚の構えで、情に厚い留五郎の人となりと、彼の愛娘二人が名物となって、堅実な商売を続けていた。

「さあさあ！　しっかりと食べておくれよ！」

「力をつけてもらわないとねえ！」

駕籠屋の一日は、お龍とお鷹の威勢の好《い》い掛け声から始まる。

駕籠舁きの中で、独り身の者達は皆揃《みなそろ》って留五郎と共に朝餉《あさげ》をとることになっているのだ。

〝駕籠留〟と大書された腰高障子の向こうの土間には駕籠が並び、その奥の上り框《がまち》には衝立《ついたて》が置かれている。

それに隠れて、留五郎を含めて六人の男がひたすら飯を食う。

お龍とお鷹が忙《せわ》しなく給仕に励む。

冬の寒さは増していくが、今年も無事に年を越せるようもう一踏ん張りしようという熱気がそこにある。

一通り食事がすむと、軽く一服して駕籠舁き達は客待ちに出るか、注文を受けた先へと迎えに行くことになる。

その辺りの差配と指図も、留五郎の許しを得て姉妹がする。

「新《しん》さんと太《た》ァさんは、昨日頼んだように、蠣殻町《かきがらちょう》の〝浜《はま》しげ〟さんにお願いしますよ」

お龍が二人を見た。

新三《しんざ》と太十《たじゅう》――。

共に二十八歳で、この店で働き始めてまだ半年にも充たないのだが、今誰よりも留五郎が目をかけている駕籠舁きであった。

ここに来る前から新三と太十はつるんでいた。

お龍とお鷹が留五郎から聞いているところによると、

「元々は貧乏百姓でよう、流れ流れて仲よく江戸に出てきたらしいぜ」

であるそうな。

鎌倉河岸《かまくらがし》で水夫《かこ》をしていたが、作右衛門《さくえもん》という老人が道端で具合が悪くなったところに通りかかり、二人して親切に助けたことで留五郎と縁が出来た。

作右衛門は、既に隠居をして本所《ほんじょ》の外れに引っ込んでしまっているが、かつては〝金松屋《かねまつや》〟という献残屋《けんざんや》の主人で、留五郎はよく世話になっていたのだ。

留五郎は予々《かねがね》、

「体は鉄のように頑丈で、真面目《まじめ》だが好い具合にくだけている……。そんな二人がいてくれたらありがてえんですがねえ……」

などと作右衛門にこぼしていた。

留五郎自身、駕籠を担いでいた叩《たた》き上《あ》げであるからわかるのだが、

「駕籠舁きってえのは、くせのある奴が多うございますからねえ」

つくづくそう思う。

小悪党で、やくざ渡世を生きる才覚もなく、ひとまず力仕事に就いた上で、けちな飲む打つ買うに明け暮れる者を何人も見てきた。

こういう輩《やから》は欲をかくので、やたらと酒手《さかて》をせがんでみたりして、客と揉《も》めることが多い。

といって、真面目で力が強いだけの駕籠舁きは機転が利かないので、大事な客は任

せにくい。

となると、新三と太十の二人は、なかなかよい駕籠舁きになるのではないかと作右衛門は思った。

二人共、体は鋼《はがね》のごとく引き締まっていて、一対の金剛力士《こんごうりきし》像《ぞう》を思わせる。

新三は顔立ちがすっきりとしていて男振りもよく、少し洒脱《しやだつ》で弁も立つ。

太十は目鼻立ちが大作りで、一見いかつい風情が漂うが、話はもっぱら新三に任せて、いつもにこやかにしているのが、頼り甲斐《がい》を覚える。

二人と親しくなった作右衛門は、新三と太十に駕籠屋を勧めた。

すると、二人は以前からそれを望んでいて、暇があれば江戸の町を方々歩いて、町に慣れるようにしている最中だと応《こた》えたのである。

作右衛門からの紹介であれば確かだ。

留五郎は早速二人に会ってみると、たちまち気に入って、〝駕籠留〟に迎えたのだ。

そうして二人に駕籠を貸与し、担がせてみると、客達の評判もよく、今ではちょっと気の張る相手には新三と太十を充てることにしていた。

これから二人が〝浜しげ〟へ迎えに行く客も、ちょっとばかり気を張らねばならない相手らしい。

お龍の話では、

「そもそも〝浜しげ〟さんは、いつも余所《よそ》の駕籠を使っていたんだけどねえ……」

ところが、大事な客を送らせるはずのお気に入りの駕籠舁きが、思いもよらず風邪で寝込んでしまった。

そこで留五郎に、

「そちらにしっかりとしたのはおりませんかねえ」

と、お鉢が回ってきたのである。

留五郎とお龍、お鷹も新三と太十を送り込むことを即決した。

その〝浜しげ〟の大事な客とは、聖天《しょうでん》の直次郎《なおじろう》という、人に知られた男伊達《おとこだて》であった。

二

「新さん、太アさん、よろしく頼んだよ……」

留五郎に送り出されて、新三と太十は店を出て、蠣殻町へと向かった。

「新三、太十……」

と呼んでくれと二人は言っているのだが、何故《なぜ》か留五郎も、お龍、お鷹と同じように呼んでしまう。

この二人には、そういう憎めなさに加えて、独特の威風があるのだ。

「太十、直次郎さんてえのは、どういうお人なんだろうな」

空駕籠を担ぎながら、先棒の新三が言った。

「大層《たいそう》な男伊達だってえから、好い人なんだろうよ」

後棒の太十はゆったりとした口調で応える。

「男伊達は、好い人なのかい？」

「龍さんと鷹さんがそう言っていた」

〝浜しげ〟の亭主は、繁造《しげぞう》という老人であるが、侠客《きょうかく》として名が通っている。

浅草奥山《あさくさおくやま》一帯を仕切っている香具師《やし》の元締・奥山の嘉兵衛《かへえ》とは昔馴染《むかしなじみ》で、先日、繁造にめでたく孫が生まれたとのことで、嘉兵衛は乾分《こぶん》の直次郎をひとまず祝いの遣いにやったのだそうな。

嘉兵衛はこのところ体の調子を崩していたし、先月に一家の若い衆が、同業の柳原《やなぎはら》一家の若い衆と揉め、手打ちになったものの、その心労が祟っていたのだ。

直次郎は齢《よわい》・三十二。

押し出しの強さに加えて情にも脆《もろ》い。

顔はぐっと苦み走っていて、渋好みの紬縞《つむぎじま》などを粋《いき》に着こなし、若さに貫禄がほどよく交じっているから、男女問わずに慕われている。

繁造も直次郎が来たと知るや、抱きつかんばかりに出迎えて、

「何でえ、直さんじゃあねえか。お前がわざわざ来てくれるたあ嬉《うれ》しいねえ」

と、大いに喜んだという。

嘉兵衛からは頼りにされ、一家の中でも重用されているのが、繁造の歓迎ぶりからも窺《うかが》える。

「すぐにお暇《いとま》を……」

と言うのを繁造は引き留め、一晩泊まることに——。

来しなは船を使ったが、

「帰りはちょいと方々立ち寄るところがございまして、ちょこざいなことではございますが、駕籠を呼んでやってはもらえませんか」

「そうかい、そんならとびきりの駕籠を呼ばねえといけねえな」

一晩引き留めた手前、繁造もそこは気を遣ったというわけだ。

結局、繁造お気に入りの駕籠舁きは都合がつかなかったので、〝駕籠留〟へ遣いを

やった。

新三と太十の噂《うわさ》を客から聞いたという店の者がいて、

「なかなかしっかりとした二人のようで……」

と繁造に進言したからだ。

この応対に当たったお龍は喜んで仕事を受けたのだが、繁造がそれほど迄《まで》に気を遣う、直次郎が気になって、お鷹と二人でそっと探りを入れたところ、

「大した男伊達らしいわよ」

「新さんも太ァさんも、気に入ってもらえたら好いわねえ」

などと言って、今日の仕事を直次郎の人となりと共に、二人を捉《とら》えて興奮気味に告げたのであった。

だが新三はというと、

「男伊達は好い人なのかねえ……」

今ひとつ納得がいかない。

「とどのつまりは、やくざ者なんだろう」

「まあそういうことだが、弱きを助け、強きをくじくというのが俠客ってものらしい」

「なるほど、人助けをするにはそれなりの力がいるってことで、それがやくざ稼業ってわけか」

「さあ、おれにはどうだって好いことさ」

「そうだな。おれはあれこれ考え過ぎていけないらしい」

「龍さんと鷹さんに言われたのかい？」

「そういうことだ。考えねえよりも、考えた方が好いと思うのだが……、ははは、下手《へた》の考え休むに似たり……という言葉があるな」

「ふふふふ……」

「今日は浅草奥山まで行くみてえだが、その中《ちゅう》にいくつか寄るところがあるってえから楽しみだな」

「ああ、色んな人を見られそうだ……」

新三があれこれ話を持ち出して、太十がゆったりと応える。

互いにそのやり取りが、誰と話すよりもほっこりとする。

子供の頃から苦楽を共にしてきた、男同士ゆえであろうか。

蠣殻町は〝駕籠留〟からはほど近い。

何かと話すうちに早や着いた。

〝浜しげ〟の前には着けずに、近くの稲荷社《いなりしゃ》の前で待っていてくれというのが、先方からの注文であった。

「それがどういう訳かわかるかい?」

お龍は得意になって語ったものだ。

「料理屋の前に迎えの駕籠を着けさせるなど、あっしには十年も二十年も早《はよ》うございますよ」

直次郎がそう頼んだらしい。

自分のような渡世人は、店の表から出入りするのも憚《はばか》られる。といって裏手に着けても悪目立ちするかもしれない。

料理屋に出入りする人も少ない朝の内にそっと店を出て、近くの稲荷社から乗せてもらうと言ったそうな。

「分別のある好い男じゃあないか」

お鷹もうっとりとして言った。

この姉妹は、気性の激しさゆえ男が寄りつかぬことに自覚がないままに、

「男なんてものは、どいつもこいつもろくなもんじゃあない……」

怒りとも諦《あきら》めとも言えぬ溜息《ためいき》をつく日々であるが、男への興は未《いま》だにそそられるら

しい。

「やはり女なのだな」

「ああ、そのようだ……」

新三と太十は、二人だけになると笑い合ったものだ。

だが、直次郎の〝浜しげ〟への気遣いは確かに見上げたものである。

そういう気が回る男が客となれば、

「太十、おれ達も心してかからねえとな」

「ああ、新三の言う通りだ」

と、二人は稲荷社の前で、聖天の直次郎を待った。

小半刻《こはんとき》もたたぬうちに、直次郎は現れた。

「おう、すまねえな。新さんと太ァさんかい？」

彼は開口一番こう言った。

なるほど呼び名まで覚えてくるとは気遣いの男である。

新三も太十も素直に嬉しくなってくる。

江戸で駕籠を担いで、まだそれほどもたっておらぬ二人であった。

駕籠舁きだからといって特に不当な扱いを受けたり、蔑《さげす》まれることもなかったが、こんな客に出会ったのは初めてだ。

「これはありがとうございます。直次郎親分で……」

新三は畏《かしこ》まってみせた。太十もこれに倣《なら》った。

「親分はよしてくんなよ」

直次郎は白い歯を見せた。

噂通りの貫禄を備えた、好い男振りだ。

「左様で……、そんなら、旦那と呼ばせていただきます」

「うん、まあ、そうしておこうか。こっちは新さん、太ァさんで好いかい？」

「へい、そりゃあもう旦那のお好きなように……」

「よし。そんなら新さん、太ァさん、今日はよろしく頼んだよ。こいつを取っておいてくんな」

直次郎はまず心付を懐から取り出した。

「いや、旦那、もうお店からちょうだいしておりますから」

新三が恐縮すると、

「それとこれとは別ものさ、ははは、こいつを渡しておかねえと、あっちだこっちだと、方々廻《まわ》ってもらい辛《づら》くならあな」

そう言って新三と太十それぞれに手渡した。

先棒にまとめて渡すのではなく一人ずつに渡す気遣いが、ここにもある。

「へい。そんなら遠慮なく……」

「ちょうだいいたします……」

二人は心付を押しいただくと、

「そんなら旦那、やらせていただきましょう」

新三が直次郎を駕籠に乗せ、履物を預かった。

「よし、やってくんな！」

「まずはどちらへ参りやしょうか？」

「そうさなあ、広小路《ひろこうじ》辺りへ出て、どこか茶屋へ寄ってくれねえかい？」

「茶屋へ……」

「ああ、実は昨夜、勧められるがままに飲んじまって、まだ酒が残っているのさ」

「そうですか。へへへ、随分《ずいぶん》と〝浜しげ〟の旦那に気に入られているんですね」

「ははは、ありがてえが、おれはそれほど酒は強くねえのさ。喧嘩《けんか》は強《つえ》えけどよう。ははは……」

直次郎は、からからと笑うと、すぐに頭を押さえて、

「ああ、まったくこの様《ざま》さ……」

しかめっ面《つら》をしてみせた。

「そんなら、ゆっくりと揺れねえようにやらせていただきましょう」

「そいつはありがてえ、冴《さ》えねえ面ァさらしちゃあ恥ずかしいから、それまでは垂《た》れを下ろしておいておくれな」

「承知いたしやした！」

新三は駕籠の垂れを下ろすと、太十との息もよろしく、左の肩に舁き棒を当てて、すっと担いだ。

駕籠はふわりと地面を離れる。

新三がとんと竹杖《たけづえ》を地につけた。ほぼ同時に太十が続ける。

「ヤッサ……」

「コリャサ……」

これが二人の掛け声である。

軽快に歌っているようで、愛敬《あいきょう》があってよいと二人は思っている。

〝駕籠留〟の駕籠は、町駕籠の定番、〝四つ手駕籠〟である。

舁き棒の下に竹を四本取りつけ、竹で編んだ座席を吊るす。座るところには布団を張り巡らし、畳表を屋根の両脇に垂らす。

駕籠を担いできた留五郎が拵《こしら》えさせた駕籠は、軽く丈夫に出来ている。

舁き手が上手なら、楽に早く目当の場まで着くであろう。

「ヤッサ」

「コリャサ」

新三と太十の駕籠は、ゆったりと静かに道を行く。

「新さん、太ァさん……」

駕籠の中から直次郎の声がした。

「へい！」

「何でやしょう」

「上手だねえ、まったく揺れねえや……」

直次郎は早や、二人を気に入ったようだ。

三

両国《りょうごく》広小路にはすぐに着いた。

浅草御門《ごもん》から両国橋に続く広場のごとき道は、人と荷の往来で賑《にぎわ》っている。貧農の出で、流れ流れて江戸へ出て来た二人には、この江戸の賑いが、

「太十、夢の中にいるようだな」

「ああ新三、醒《さ》めぬ夢だ……」

未だにそのように思える。

この辺りは何度も通っているし、時には客待ちもする。

今日のように予《あらかじ》め注文を受けてから客を迎えに行くこともあるが、二人は方々流して客を見つける辻駕籠を旨とする。

その間に色々な人の流れを見られるし、また触れ合いも生まれるから留五郎にはそれを願い出ているのだ。

二人は何度も前を通っている水茶屋に、直次郎を連れて行った。

ここは床几《しょうぎ》の数も多く、巧みに葭簀《よしず》が巡らされていて、直次郎が休息するにはちょうどよいと思ったのである。

茶立女《ちゃたておんな》もなかなか縹緻よしが揃っている。

新三も太十も、時に茶屋に立ち寄って休息するが、色気を売る娘がいる水茶屋へは行かなかった。

駕籠舁きを娘が相手にするはずもないし、そもそも江戸の女は、尻の毛まで抜かれてしまう妖怪として認識していた。

決して女嫌いではないだけに、

「ちょいと駕籠屋さん、好い男だねえ、また寄っておくれよ……」

などとからかわれでもしたら、身をもち崩す因《もと》になるかもしれぬと、日頃から気をつけているのだ。

しかし、聖天の直次郎には、こういう茶屋が相応《ふさわ》しいであろう。

「ほう、なかなか気の利いた茶屋じゃねえか……」

直次郎は気に入ってくれた。

黄八丈《きはちじょう》の前だれをつけた娘が、直次郎を認めて慌《あわ》てたように寄ってきた。

見るからに〝好いたらしい旦那〟と思ったのであろう。

「どうぞごゆっくりしてくださいまし。奥の方には小座敷もありますから……」

娘は色を含んで直次郎を迎えた。

あわよくばその小座敷で、口説《くど》いてもらいたいと言わんばかりの様子である。

「いや、そう言われると心が惹《ひ》かれるが、今はちょいと、外の風に当っていたいのさ。その端の床几にかけさせてもらうよ。茶は三つ頼むぜ」

直次郎はその誘いをさらりとかわして、娘に笑顔を送りつつ一番端の床几に腰かけた。

「お待ちを……」

茶立女は、ぽっと顔を上気させて茶を汲《く》みに行った。

「旦那、奥の小座敷ってえのも、なかなか心地がよろしいんじゃありませんか？ あっしらはその辺りで待っておりますから、どうぞごゆるりと……」

新三はそういう気の利いたことが言える。

「いやいや、それじゃあ昨日の酒がよけいに醒めなくなるよう。二人共そこへ腰かけて茶を付合っておくれな」

直次郎は首を横に振って、隣の床几に二人を座らせた。

茶が運ばれてくると、直次郎は娘の手に、たっぷりと茶代を握らせて、

「取っておいてくんな。奥の小座敷は、次の楽しみにとっておこうよ」

にこりと笑って、

「きっとですよう……」

未練を残してその場を下がる茶立女を見送った。

女にはまったく不自由はしていない。だからといって邪険にするのは野暮《やぼ》だと直次

郎は思っている。

——それもまた男の貫禄よ。

好い女を下がらせて、駕籠舁き二人と茶を飲んで愚にもつかぬ話をする。

そんな直次郎を、

——どこの兄《あに》さんなんだろう。

とばかりに、周囲にいる者達は、男も女も注目し始めた。

そういう人の様子を見ると、直次郎はいつも、

——よし、おれは元締の右腕と呼ばれるに相応しい男だ。

と、自分自身を奮い立たせるのである。

こんな時は、茶に付合わせる駕籠舁きなどは決まって、

「あっしらにも気を遣っていただきまして、相すみません。これからもどうかご贔屓《ひいき》を願いますでございます」

涙を流さんばかりに喜んで、自分と近付きになろうと媚《こび》を売ってくるものだ。

——だがこの二人はちょっと違う。

直次郎は新鮮な想いがした。

貧乏百姓の出で江戸へ流れてきた二人だと聞いてはいたが、田舎者ゆえに江戸のき

らびやかさや慌しさについていけていないのかもしれない。

だがそれにしては堂々としている。

客を大事に扱いつつ、決して媚びず、それなりに直次郎に気遣い、茶を付合えと言われたらじっくりと茶を味わい、無駄口を利かない。

その姿勢が、昔馴染といるような気になるのだ。

こうなると侠気をもって生きる直次郎は、何かの縁で今日一日を共に過ごす二人を、自分の力で引き上げてやりたくなる。

「あん時、旦那と知り合っていなければ、あっしらはもっとつまらねえ暮らしを送っていたような気がいたします……」

これくらいのことを言われてこそ、直次郎の男も立つというものだ。

「新さん、太ァさん……」

直次郎は、茶を啜《すす》りながら、しみじみとした口調で二人を呼んだ。

「へい……」

「何でしょう」

二人はほのぼのとして応える。

所謂《いわゆる》、雲助《くもすけ》根性の持ち主であれば、こういう時は何かくれるのかと思って、つい卑屈な態度をとる駕籠舁きが多いのだが、この二人は出会ってから一貫して同じ態度で接してくる。

直次郎はますます気に入って、

「江戸へ出て来たのには色々と理由《わけ》があるんだろうな。ははは、そんなことは大きなお世話だろうが、男と生まれてきたからには、何か志ってものがあるはずだ」

と、真顔を向けた。

「志……、ですか……」

新三が神妙な面持ちで言葉を返し、太十はちょっと考えてみせる。

「志って言うと何やらご大層だが、何だって好いんだ。物持ちになりてえとか、人の上に立つ男になりてえとか、江戸で一旗あげてみてえなんて夢を、持っちゃあいねえのかい。そいつを訊《たず》ねているのさ」

直次郎は続けた。

「夢、でございますか……」

新三は少しはにかんで、

「しがねえ駕籠舁きでございますが、あっしも太十も男でございますからねえ、二人共夢は持っております」

畏まってみせた。

「うん、そうだろうな。二人を見ているると何か大きな夢を抱えているような、そんな気がするのよ」

「二人共、同じ夢でございます」

「二人で成し遂げようと言うんだな。そうこなくっちゃあいけねえや」

直次郎は身を乗り出した。

まだほんの少し乗っただけだが、新三と太十の駕籠は、これまで乗ったどの駕籠よりも乗り心地がよく、走り具合も調子がよかった気がする。

ということは力だけではなく、頭のよさも備えているはずだ。

そういう二人を自分が引き上げてやれたら、それこそ人助けであろう。

新三と太十が活躍する場を得れば、それにつられて幸せになる者が何人も出てくるというものだ。

親分肌というものは、人を大事にすることだと直次郎は信じている。

「おもしろくなってきたぜ。その夢ってえのを教えておくれな」

おれが骨を折ってやろうじゃあねえかと言わんばかりに、直次郎は二人を交互に見た。

新三は太十にひとつ頷《うなず》いて、

「あっしと太十は、貧乏な百姓の子に生まれて、すぐに孤児になっちまって、食い詰めて死んじまったっておかしかねえところを、ここまで生きてこられました……」

哀切を帯びた口調で言った。

「そうかい、このおれも同じような境遇だ。よくわかるよ」

直次郎はすかさず相槌《あいづち》を打った。

「そこであっしと太十の夢は……」

「何だい？」

「これまで世話になった人へ、少しでも恩返しができたら……、ただそれだけでございます」

新三ははっきりと言った。

「うん、そうかい、そいつは偉《えれ》えや。だがそいつを成し遂げるためにどうするんだい？」

直次郎は小首を傾《かし》げた。

「そうですねえ。まず、日々精を出して働くしかありませんね」

「そりゃあそうだ」

「ますます務めさせていただきます。なあ、太十……」

「へい、よろしくお願いいたします」

新三と太十は頭を下げた。

直次郎はぽかんとして、

「てえことは、この先も駕籠を担ぐってえのかい?」

「へえ……」

新三と太十は、何のことだかわからずに、上目遣いに直次郎を見た。

「いや、今は駕籠を担いでいるが、そのうち何か商売替えをしたいとか、そういう夢はないのかと思ってよう」

「商売替え、でございますか?」

「駕籠屋をこけにしているわけじゃあねえんだ。新さんと太ァさんのような駕籠舁きがいると、こっちも大助かりだ。だがよう、二人を見ていると、他にもっと似合いの商売があるような気がしてならねえ……」

直次郎は少し、しどろもどろになって想いを伝えた。

「へへへ、旦那、あっしら二人には、何よりも駕籠舁きが似合っておりますよう。なあ、太十」

「へい。新三の言う通りでございます」

「だが太十、おれ達のような駕籠舁きがいると大助かりだ、なんて旦那に言っていただけると、励みになるってもんだなあ」

「まったくだ。今日からまた精を出して担げるというものだ」

二人は喜び合って、また直次郎に頭を下げてみせた。

「そうかい、そいつはよかったぜ……」

直次郎は笑ってみせたが、何やら拍子抜けがした。

世話になった人へ恩返しをするなら、それはそれで金もかかるはずだ。

二人は直次郎のことを、初めは〝親分〟と呼んだのだ。

自分がどういう立場にいる男かよくわかっているはずではないか。

たとえば二人で小商いでも始めてみたいとか、自分も奥山の嘉兵衛の息のかかったところで役に立てる仕事をしてみたいとか、何かありそうなものだ。

――おれが、頼りにならねえと思ったのか。いや、そんなこともあるまい。

新三と太十は自分を立ててくれているし、素直に話を聞いている。

――まったく欲がなくて、自分は大したことがないと思い込んでいるのか。

そうも思ったが、

――いや、何よりも駕籠舁き稼業が好きで堪《たま》らねえのか。

二人の話しぶりからするとそうなる。

しかし駕籠舁きなどという仕事は体にきついし、いつまでも続けてはいられまい。

香具師の乾分が偉そうなことは言えないが、自分の力を広げ、大きな仕事をやりとげるために日々精進するのが、男の生きる道だと、直次郎は思うのだ。

力と金。

この二つがあればこそ、困った連中を救ってやれる。

新三と太十が言うところの恩返しも容易《たやす》く出来るはずだ。

それでも二人は駕籠を舁いていたいと言う。そんなにおもしろい生業《なりわい》なのか――。

直次郎の心の内はかき乱されていたが、

――今はとりあえず、そういうことにしておこう。

今日はこの二人と一日中一緒にいることになりそうだから、新三と太十が何を考えているのか探るのもまたおもしろい。

そんなことを考えるうちに、直次郎の頭は次第に冴えてきた。

昨夜の酒がすっかりと抜けてしまったようである。

四

「ヤッサ！」

「コリャサ！」

駕籠は両国広小路から柳橋《やなぎばし》を軽快に渡った。

茶を飲んであれこれ話すうちに、聖天の直次郎はすっかりと調子を取り戻していた。

「旦那、具合がよくなって、何よりでございました」

新三は嬉しそうに、何度も駕籠の直次郎に、太十との掛け声の合間を見計って話しかけたものだ。

「ヤッサ！」

「コリャサ！」

その調子が途切《とぎ》れることなく、巧みに客に話しかける間合は絶妙で、新三が喋《しゃべ》れば太十は黙る。

太十が思わぬところで声を発することなど、一度もないのだ。

「何やら気持ちがこう、浮かれてきたぜ」

直次郎は上機嫌であった。

冴えない顔を世間にさらしたくはないと、水茶屋へ行くまでは下げていた垂れも屋根へと巻き上げた。

冬の冷い風が担ぎ手と客に吹きつける。

新三と太十にはよい季節だし、直次郎の表情も引き締まってきた。

それもそのはずである。

この先、彼は男伊達に生きる者の厳しさと切なさを嚙《か》みしめていかないとならなかったのだ。

柳橋を渡ると、船宿の裏手に大きな藍染《あいぞめ》の日除《ひよ》け暖簾《のれん》が下ろされた家の出入り口が見えてきた。

ここが、柳橋から浅草御門、柳原《やなぎはら》辺りまでを己が縄張りに置く、柳原の芳蔵《よしぞう》という俠客の家であった。

先だって、直次郎が身を置く奥山の嘉兵衛一家と、この柳原の芳蔵一家は、若い衆同士の喧嘩で一触即発の事態となった。

嘉兵衛は穏やかな俠客で、喧嘩は両成敗でどちらが悪いわけではない、何かことが起これば互いが詫《わ》びるのが何よりの解決策だと思っている。

　直次郎も、それはもっともなことだと思うのだが、先だっての喧嘩の非は明らかに柳原一家にあった。

　というのも、芳蔵の乾分が富坂町《とみさかちょう》で勝手に博奕場《ばくちば》を開き、奥山一家の賭場《どば》に出入りしている客を引き込み、いかさまで金を巻き上げたのだ。

　富坂町は、奥山一家の縄張り内ではないが、この一帯は互いに不干渉を決めていた。

　それゆえ、そこにまさか柳原一家の身内が関わっていると思えなかった。

　いかさまで金品を巻き上げられるのは、客の勝手なのだが、奥山一家としては常連の客が酷《ひど》い目に遭《あ》わされたと知って客を引き取りに行った。

　だが、そこで掟破《おきて》りの若い衆が、

「客を引き取りに来た？　ふん、どの客か知らねえが、連れて帰るというなら腕ずくできやがれ」

　などと挑発した。

　こうなると売り言葉に買い言葉である。

　血の気の多い若い衆同士は、たちまち衝突した。

この時直次郎は、異変を聞きつけて駆け付けたところ、大喧嘩に遭遇した。だがどう考えても身内に非はなかった。

両一家の取り決めに逆って賭場を開いただけでも叩き潰されるべき奴らである。直次郎は、身ぐるみをはがされそうになっていた顧客を守って、自らも先頭に立って敵を叩き伏せた。

その後、こ奴らが柳原一家の若い衆だとわかり、嘉兵衛と芳蔵の間で話し合いが行われた。

柳原の芳蔵は、乾分の不始末を詫び、関わった者を一家から絶縁した。嘉兵衛もまた、

「若いのが分別を欠いてあれこれやらかすのは仕方のねえことさ。ましてや富坂町は、誰の縄張りってわけでもねえ。うちの若え《わけ》のも、いきなり殴り込まねえで、おれ達の耳にまず入れておけばよかったのかもしれねえや。まずそこは勘弁してやってくんな」

と、芳蔵を立てたのである。

とはいうものの、直次郎の弟分達は大事な客に危害を加えられ、

「これでは男の面目が立たねえ」

と、未だに息まいている。

それを直次郎は、

「馬鹿野郎。お前達の面目は、奴らを叩き伏せたところで十分に立っているさ。柳原の親分も、うちの元締に詫びたんだ。この上に四の五のぬかしやがったら、ただじゃあおかねえぞ」

と、叱《しか》りつつ宥《なだ》めていた。

しかし、奥山一家の若い衆同様、柳原一家の若い衆も、勝手に賭場を開いたのはいけなかったが、縄張りの盲点を衝《つ》いただけのことだ。それを力尽くで叩き潰されたのだ。

「野郎、覚えてやがれ。いつかこの借りは返してやるぜ」

などと息まいている者もいるに違いない。

それを少しでも和らげるために、

「ちょいと通りすがりに寄らせていただきやした」

などと言って、柳原の芳蔵を訪ねてみようと思いついたのである。

その話は、蠣殻町の〝浜しげ〟に遣いに行くと決まった時に、嘉兵衛の許しももらっていた。

聖天の直次郎といえば、奥山の嘉兵衛の右腕と呼ばれるほどの男である。

それが、芳蔵に気遣って顔を出せば、一旦手打ちがすんだ後だけに、芳蔵の面目も大いに保たれるはずであった。

老体の嘉兵衛に比べて、芳蔵は四十半ば。まだまだ男盛りで、見栄や体裁にこだわる男だ。

言い換えると、親分、元締と呼ばれる身に十分な貫禄や徳が、人の目から見て備っているかが不安なのである。

「そこをまあ、ちょいとくすぐってきてやるがいいや」

嘉兵衛は直次郎にそう告げたのである。

直次郎は新三と太十に柳原一家との経緯《いきさつ》をかいつまんで話した上で、

「柳原の親分の機嫌をとりに行ってくるから、表で待っていてくんな」

と、大川《おおかわ》沿いの岸に新三と太十を待たせて、芳蔵に会いに行ったのである。

それに当っては、広小路で灘《なだ》の清酒を買い求め、予め嘉兵衛から託された祝儀も添えるつもりらしい。

新三と太十は、直次郎に言われた通り、柳橋を渡って少し行ったところの川端に駕籠を止め、

「お気をつけなすって……」

と、送り出したのだが、

「まずそんなことはねえと思うのだが、半刻過ぎてもおれが出て来ねえ時は、何もなかった顔をして引き上げておくれ」

別れ際に直次郎はそんなことを言って、二人に一両を預けようとした。

それが迷惑料だと言いたいのだろうが、

「旦那、もうたっぷりとちょうだいいたしております。もしそんなことがあったとしたら、いくらも走っちゃあおりませんから、申し訳のねえことでございます」

新三はそう言って、その一両は頑《かたくな》に受け取らなかった。

「そうかい？　こんなものを預かりゃあ駕籠屋の名がすたるっていうのなら、まあ、このまま行ってくるよ」

直次郎は、ニヤリと笑って、大きな日除け暖簾の向こうに消えていったのであった。

五

新三が投げ入れた小石が、大川の水面《みなも》に小さな波紋を描いた。

「なあ太十よ」

「何だい？」

「あの家をちょいと覗《のぞ》いてみねえかい」

「うん、そうだな。そうするかい……」

直次郎が、柳原の芳蔵の家へ入ってから、まだ小半刻もたっていないが、どうも気にかかった。

「ええ、元締にお取次ぎを願います。奥山から参りやした、直次郎でございます……」

いかにも渡世人らしい、直次郎の挨拶《あいさつ》する声が幽《かす》かに聞こえてきたかと思うと、家の中からは乾分達が動く、どたどたした音が響いてきた。

やがて、芳蔵が現れたのであろう。

「おお、こいつは直次郎さんかい。まあ上がってくんな……」

そんな声が聞こえた後、暖簾の内は沈黙した。

芳蔵のものと思われる声は、決して明るい口調ではなかったように思える。

「そりゃあいきなり揉めた相手の番頭格が訪ねてきたんだ。何ごとかと身構えもするだろうよ」

新三はそのように見てとったが、

「ただ一人で訪ねてきて、へり下った挨拶をしているんだ。いったい何を身構えるってんだよう」

太十はこともなげに応えた。

「ははは、太十、世間にはなあ、お前のように肝の据った男はなかなかいねえのさ」

「だが連中は渡世人だとか、俠客だとか、男伊達なんぞと言われているのだろう。戦《いくさ》がない泰平《たいへい》の世の侍達より、よほど度胸があるんじゃあねえのかい？」

「うん、確かにそうなんだが、本当に度胸のある奴は一握りで、あとの連中は、意気《いく》地《じ》がねえからひとところに集まって、その一握りの後ろに控えているんだろうな」

「なるほど、そういうことか。何だか嫌な話だなあ」

「ああ、嫌な話だ。意気地のねえ者が集まると、やたらと気が大きくなるからいけねえ」

「強くなった気がして、乱暴になるってことかい？」

「ああ、そうだ……」

「てことは、やっぱり直次郎の旦那は、度胸があるってことだな」

「そりゃあ太十、そうでなけりゃあ優雅におれ達に駕籠を担がせて方々行けねえさ」

「だがそう考えると、旦那が一人で入って行ったのが気になるな」

「そうだな……」

新三と太十は、大川の水面を見ながらこんな話をしていたのだが、次第にじっとしていられなくなり、柳原一家の家の様子を覗き見たくなったのだ。

そっと家に近寄って、日除け暖簾の向こう側を覗き見ると、乾分が二人ほど、広い土間の向こうにいて退屈そうにしていた。

やがて縞の羽織を肩にのせた芳蔵と、印半纏《しるしばんてん》を着た数人の乾分に見送られて、奥の方から直次郎が出てきた。

「わざわざ立ち寄ってくれてすまなかったなあ」

笑顔の芳蔵は貫禄を見せつつ、ぽんと直次郎の肩を叩いた。

「とんでもねえことでございます。この辺りへ来て、素通りはできませんや」

直次郎は辞を低くして、愛想を言った。

「気遣えは無用にと、奥山の元締に伝えてくんな」

大きく頷く芳蔵を見て、乾分達も愛想笑いをした。

直次郎の狙いは当っていた。

芳蔵は、直次郎へ貫禄を示すことで、乾分達に己が偉大さを見せんとしている。その意味において、彼のおとないはありがたかったのだ。

だがそれゆえ、立居振舞がいささか大仰《おおぎょう》になっているのがおかしかった。

「柳原の元締がそう言ってなすったと伝えたら、うちの元締も喜びましょうよ。いや、あっしも先だっては、ここの若い衆とは知らず、ちょいとばかりむきになってしまいましたから、随分と気になっておりまして……」

直次郎はそれに合わせて小腰を折った。

「お前に非があるわけじゃあねえやな。こいつはおれの気持ちだ。帰りに一杯やってくんな」

芳蔵は直次郎に祝儀を手渡した。

「こいつは恐れ入ります……」

直次郎がそれを押しいただいて懐へ収めた。

その様子を見たところで、新三と太十はそそくさと駕籠へ戻った。

芳蔵と並び立ち、周りの三下達から注目を浴びている直次郎は、実に恰好《かっこう》よく映った。

先ほどは水茶屋で、新三と太十の夢は何かと熱い口調で問うた直次郎であった。

あの時、彼は自信に溢《あふ》れていた。

お前達二人の夢くらいおれが叶《かな》えてやろうじゃないかという勢いがあった。

それは、彼が今の暮らしにやり甲斐と満足を覚えているからであろう。

だが、そのやり甲斐が、今、日除け暖簾の隙間《すきま》から見た光景であったとすれば、

――見ぬ方がよい。

と、二人共に思ったのだ。

とにかく直次郎は、水茶屋の茶立女をときめかせたような男振りをここでも発揮していた。

ともすれば、柳原一家の連中に、先日の喧嘩の名残《なごり》を思い起こさせるおとないであった。

新三と太十は、その危険を覚えたのでそっと覗き見たに過ぎぬのだ。

直次郎は終始にこやかにしていたが、その表情の奥には張り詰めた緊張が見え隠れしていた。それは二人には決して感付かれたくないものであろう。

駕籠屋は客を言われたところまで送り届ければよいのだ。

余計なものは見ぬに限る――。

やがて芳蔵の乾分達に見送られて、直次郎が日除け暖簾の向こうから出てきた。

新三と太十は頷き合って、駕籠を担いで直次郎の傍《そば》へと寄った。

「旦那、お早いお戻りで……」

新三が声をかけた。

「早かったかい？」

直次郎は、新三と太十に頰笑《ほほえ》んだ。

「半刻過ぎても出て来ねえ時は……、なんて言いなさるんで、気が気じゃあありませんでしたよ」

「いや、ちょいと二人を恐がらせようとしたのさ」

直次郎は大いに笑ってみせたが、その目の奥はいささか血走っていて、体も小刻みに震えていた。

六

直次郎が次に行ってくれと頼んだのは、幽霊橋《ゆうれいばし》からほど近い、新堀川《しんぼりがわ》沿いの寿松院《じゆしょういん》門前の町屋であった。

先ほどの柳橋からはほど近いのだが、ここへ着くまでの間、直次郎はよく語った。

「まあ、おれのような者は、いつも危ねえところを行ったり来たりだ。だからこそ忘れちゃあいけねえことがある。何だかわかるかい？　そいつはいつも笑っていることさ。笑っているとつきが回ってくるってもんさ……」

「なるほど、わかるような気がしますぜ」

相変わらず言葉を返すのは新三の役目であった。

新三と太十は、孤児であったゆえに、二人を拾って育ててくれた人からは、

「どんな時でも笑っていろ。笑っていると人が構ってくれるものだ。頼る者がいないお前達にはそれが何よりも大事だ……」

いつもそう言われていた。

今こうして駕籠舁きとして暮らしていけるのも、にこやかにして生きてきた賜物《たまもの》だ

と思っている。

しかし、直次郎が言うところの、

「笑っていること……」

は、危険回避に繋《つな》がるらしい。

「どんな時でも笑っていると、なかなか襲われねえものさ。奴には誰かがついているんだろうか。笑っていられるくれえ凄腕なのか、なんてよう相手があれこれ考えちまうのさ」

考えると相手に間が出来る。

その隙をついて虎口《ここう》を逃れるか、ここという時は覚悟を決めて、

「笑っているかと思うと、先手を打ってこっちから仕掛けるのさ。こうなりゃあ相手は不意を衝かれて慌てるだろう。そこからはひたすら狂ったように攻め立てる。今まで笑っていた野郎がいきなり暴れ出すわけだ。相手は気味が悪くなって逃げ出すか、手打ちにしようじゃあねえかと言い出す……。そうなりゃあまた笑うのさ。笑えば手打ちもし易《やす》くなるってもんだ」

喧嘩をするなら先手必勝だと、直次郎は熱く語った。

「なるほど、笑っていると喧嘩の時にも役に立つってわけで……」

新三と太十は、そんな考え方もあるのかと笑顔で頷いた。

「そういうことだ。新さんも太ァさんも、会った時からにこにことしているから、おれは大いに気に入ったわけだが、喧嘩する時も、そうあってもらいてえものだ」

「へい。心しておきます」

「駕籠なんぞ担いでいると、絡まれたりして喧嘩になることもあるんじゃあねえのかい？」

「いえ、あっしらは駕籠は上手に担げても、喧嘩の方はからきし駄目で……」

「そうかい？　おれの見たところじゃあ、動きが素早くて、相当強そうに思うがねえ」

直次郎は、そこが気になっていた。

喧嘩などからきし駄目だと言ったとて、ちょっと話していると、今まで喧嘩の修羅場を潜ってきたかどうかすぐにわかる。

直次郎の目から見ると、新三と太十は二人共、相当強いのではないかと思われる。

そもそもここで喧嘩自慢をするような二人なら、たかがしれているのだ。

「へへへ、お買いかぶりで……。喧嘩好きの駕籠舁きは長続きしねえと親方から言われておりますし、駕籠を壊されでもしたら、商売あがったりでございますよ」

「そりゃあそうだろうが、世の中には酔っ払っていきなり殴りかかってくる野郎もいるだろう。盛り場で流していると、おかしなのに出会わなかったかい」

「それが、ありがてえことに、今までそんなのに出会ったためしはございませんで……。なあ、太十……」

「へい。客待ちする時も、辺りにおかしな野郎がいねえか確かめますので」

「初めから怪しいところは避けて通るか。うん、そいつも兵法ってやつだな。いや、大したもんだ……」

どこまでも駕籠屋に徹する二人に直次郎は唸《うな》ってしまった。

今までの武勇伝をさらりと語るかと思えば、二人は控えめな態度を崩さない。

その辺りの三下野郎よりもよほど強いはずだが、二人は駕籠舁きをいつまでも続けていたいようだ。

新三と太十の担ぐ駕籠に乗っていると、実に心地よく安心出来る。

それはこの二人が持つ男の強さとやさしさを身近に感じるからではないか。

二人は稼業の妨げにならぬよう、怪しきところには近付かないなどと言っているが、破落戸《ごろつき》達は新三と太十が醸す強さを怖れて、向こうの方から近付かないのに違いない。

――惜しい。

ほんの少しでも喧嘩自慢が覗き見えたら、二人を口説いて自分の舎弟にして方々連れ歩いてやろうと考えていたものを。

僅かの間に、直次郎は新三と太十にそんな想いを抱くようになっていたのだ。

――いや、もう少し探りを入れてやろう。

直次郎は諦め難くなって、

「新さんも太ァさんも、おれのようなやくざな稼業は気に入らねえんだろうなあ……」

と、嘆いてみた。

「気に入らねえなんて、おこがましゅうございますよ。旦那みてえな人がいねえと、世の中はうまく回っていかねえと思っております」

「本当かい？」

「へい、だが、誰にでもできるものじゃあございません。時には、心を鬼にしねえといけねえこともあるんでしょう」

「そりゃあ、まあ、そうだな……」

直次郎は口ごもってしまった。

次に行くところが正にそうだ。

そ奴は小間物屋《こまものや》の卯之助《うのすけ》という、新三、太十と同じ年恰好の男である。

奥山の嘉兵衛が目をかけていて、孤児で浅草界隈をうろつく破落戸になっていたところを拾い上げ、小間物屋が出来るようにしてやった。

喧嘩が弱いくせに町で粋がって、破落戸に袋叩きに遭っているのを助けてやったのが縁の始まりであった。

話してみるとなかなか愛敬があり、

「親分さん……」

と慕って離れない。

二親に逸《はぐ》れてぐれたのは、嘉兵衛も直次郎も同じである。

袋叩きに遭っているところを助けた時は、直次郎も嘉兵衛の供をしていたので、

「直兄ィ」

と呼んで勝手に弟分を気取り、悲惨な身の上話をしては涙したものだ。

直次郎もそうなると情が湧《わ》いてくる。

何かと面倒を見てやるうちに、

「直兄ィ、おれ、惚《ほ》れた女がいるんだよ……」

ある日卯之助は、何度も頭を掻《か》きつつ打ち明けたものだ。

女はおさといって、甘酒屋の小女《こおんな》だと言う。

直次郎は、嘉兵衛にそれを伝えて、

「何とか一緒にさせてやりとうございます」

許しを乞うてやった。

「そいつはめでてえことだが、卯之助は堅気にさせねえとな……」

嘉兵衛はそう言った。

愛敬があって人懐っこい男だが、渡世人としては小心で調子のよいところばかりが目立つ。

これでは女房を抱えて、とてもやっていけないだろうと嘉兵衛は考えたのだ。

その想いは直次郎も同じであった。

「卯之助、おさとと一緒になりてえのなら、お前は堅気になりな」

やさしく諭して、これを承知させた。

「だが兄ィ、おれに何ができるかねえ。読み書き、算盤《そろばん》……、ろくにできねえものなあ」

「馬鹿野郎。恋女房のためだと思えば何だってすぐにできるさ」

「そうだな。死んだ気になってやってみるよ」

「大げさなんだよ」

こんな話をしていると、ますます何かしてやりたくなる。

卯之助は小廻りが利いて愛敬がある。口も達者ゆえに、小間物屋が好いだろう。

嘉兵衛と相談した結果、そのようにまとまって、卯之助は小間物の行商を始めた。

嘉兵衛からの祝儀に加えて、直次郎も仲間内から祝儀を募ってやったので、すぐに体裁は整った。

方々で口を利いてやったから、卯之助の商売も順調で、おさととの間に七松《しちまつ》という息子も儲《もう》けた。

その七松も、もう五つになる。

ところが、少し暮らし向きに余裕が出来ると、卯之助はうかれ始めた。

直次郎の傍に引っ付いて、肩で風を切っていた頃が懐かしくなったのかもしれない。

盛り場で〝旦那〟と呼ばれて恰好を付け始め、酒や女に現《うつつ》を抜かすようになった。

商売をしているのだ。男の付合いもあるだろう。

まだ若いのだ。多少の馬鹿も愛敬のひとつだと直次郎は思う。

しかしこのところ、卯之助は博奕にまで手を出すようになっていた。

負けると、それをまた博奕で取り返そうとする。

かつては何度も出入りしていた鉄火場であった。

なまじ慣れているから勝つ時もある。

それが卯之助を熱くさせるのだ。

こうなると行商どころではなくなってくる。商売そっちのけで博奕に走る。

勝ったり負けたりを繰り返すうちに、負けが込んでくるのは必然で、やがて金を借りてまで博奕を打つようになる。

持ち前の愛敬と達者な口で方々から金を借りるようになった。

借金先は、奥山の嘉兵衛の身内のみならず、客筋や仲間内にまで及ぶようになった。

さすがに直次郎には無心しなかったのは、すぐに怪しまれると考えたからであろう。

だが、こんな不始末が噂となって直次郎の耳に入らぬはずはない。

そこに気が至らぬとは、

――卯之の野郎、相当なもんだぜ。

これを黙って見過ごしには出来なかった。

堅気になった上は、奥山一家とは縁が切れている。

思うように暮らせばよいが、迷惑を及ぼすとなれば痛い目に遭わさねばならない。

一家の若い衆を指図して、卯之助を捕えさせればよいのだろうが、直次郎としては大きな騒ぎにしたくはない。

ここは自分一人で出張るべきであろう。

これからその始末をつけねばならぬ直次郎であった。

柳原一家への挨拶が無事にすんだ興奮が、彼を饒舌《じょうぜつ》にしたが、この先の気の進まぬ用事を思い出すと、直次郎は黙って駕籠に揺られるしかなかったのだ。

七

「ちょいと行ってくらあ」

幽霊橋を渡ると、直次郎は新堀川沿いに駕籠をやや北へと走らせ、寿松院の手前で駕籠を降りた。

黙りこくってから、直次郎は卯之助については新三と太十に語らず、むっつりとした表情で二人を川端へ残し、歩き出した。

詳しい話は聞かされていないが、二人にはこれから直次郎が、

「心を鬼にしねえといけねえこと……」

を果しに出かけるのはわかる。

こういう時は、

「へい、ごゆるりと！」

などと声をかけるわけにもいかず、

「ここで休ませていただきます」

新三がそう言って送り出した。

「兄ィとか親分とか元締なんて言われる人は大変なんだな……」

太十が、やや肩を右下がりにして去っていく直次郎の背中を見送りながら言った。

「ああ、笑ってみたり怒ってみたり、忙しくて堪らねえや」

新三が相槌を打った。

侠客、男伊達、渡世人を知らぬ二人ではなかった。

貧しい百姓の出で、孤児となって流れ流れて江戸へ出たわけであるから、色々と酷い奴らも見てきた。

貧しい女子供を食いものにするような悪党を何人も見た。

しかし、幸いなことに二人は、そういう輩から守ってくれた恩人達がいたお蔭《かげ》で、悪人達を直視せずに大人になれた。

今思えば、自分達を守ってくれた人達こそが、真の男伊達であったが、その恩人達は俠客、渡世人と呼ばれる者ではなかった。

まっとうに、真っ直ぐな想いを持って、今自分が為すべき仕事に励めば、害をもたらす者は現れまい――。

そのように説いてくれた。

お蔭で二人は、聖天の直次郎のような男の実情に触れることなく生きてこられたと言えよう。

水夫として働いていた時も、日々身の周りで喧嘩沙汰《ざた》は起こったが、真面目に働く新三と太十は、一切巻き込まれることもなく駕籠屋に商売替えが出来たのであった。

力仕事に就く荒くれとやくざ者は背中合わせにいるものだが、中には純粋に育った新三と太十のような者もいる。

直次郎はそういう二人であるからこそ、自分の舎弟にして引き廻してみたいと思ったのであろう。

そして、直次郎の想いなどまるでわからない二人もまた、

――世の中にはこういう、俠客と呼ばれる人も確かにいるのだなあ。

と、新鮮な気持ちで見ているのだ。

だからこそ喋っていたかと思えば、いきなり黙りこくってしまった直次郎から窺える屈託がやたらと気にかかった。

今度は〝半刻して帰ってこなかったら〟などと言い置かずに出かけたゆえに、大した相手でもなかろうが、先ほどの〝日除け暖簾〟同様、そっと確かめておきたくなってきた。

「太十、おれはちょいと旦那の様子を見てくるよ」

「ああ、それがいいよ。おれはここで駕籠の番をしているから」

見れば、ちょうど直次郎の後ろ姿が、路地の曲り角に消えたところであった。

二人の息はこういうところでも、ぴたりと合う。

新三は太十に頷いてみせると、小走りで直次郎の跡を追った。

そして曲り角につくと、そっと様子を窺ってみた。

直次郎は、小さな店が並ぶ表長屋を歩いていた。

新三は注意深くさらに跡をつけてみた。

すぐに直次郎は立ち止まった。

そこは間口一間半くらいの小体《こてい》な小間物屋の手前であった。

直次郎は、少しの間腕組みをして、何か考え込んでいるように見えたが、やがて大きく息をつくと、開け放たれた腰高障子の向こうへ消えていったのである。

八

この小体な小間物屋が、卯之助の店であるのは言うまでもない。

行商が上手《うま》くいくと、拠点になる城が欲しくなり、卯之助は一年ほど前にこの店を構えたのであった。

居付であるから、自分が行商に出ている間は、女房のおさとが店に出ればよいし、愛らしい倅《せがれ》の七松が名物になろう。

「お前はよくやったじゃあねえか。おれなんぞより、ずうっと偉えや……」

直次郎は、店が出来た時は祝儀を手渡して、喜んでやったものだ。

だが、そこから卯之助はおかしくなってしまった。

おさとに店を任せて外廻りをする――。店を構えたことによって暮らしも落ち着き恰好をつけたくなったからか、いずれにせよ卯之助にとっての緊張の糸がぷっつりと切れたのである。

直次郎が店の前に立つと、番をしていたおさとが、

「直次郎さん……！」

目敏《めざと》く見つけて叫ぶように言った。

少し見ぬ間に、頬《ほお》がこけて随分とやつれたように思えた。

そして、あどけない五つの七松が、

「おじちゃん……！」

と、走り出てきた。

構ってやりたかったが、遊びに立ち寄ったわけではない。

「卯之はいるかい？」

直次郎は厳しい表情を崩さずに、おさとに問うた。

おさとはその様子を見てすべてを察した。

「うちのが何かしでかしましたか……？」

近頃の主人の放蕩《ほうとう》ぶりには随分と泣かされているのだろう。訊ねる彼女の顔は、すっかりと青ざめていた。

「いるかい？」

直次郎は再び問うた。

「はい……、ただ今呼んで参ります……」

おさとは、七松に中へ入っているよう言いつけると、奥の一間へと慌てて立ち去った。

「うるせえやい……！　起こすやつがあるかい……！」

すぐに卯之助がおさとを叱りつける声が聞こえてきた。

博奕に負けて自棄酒《やけざけ》を飲んで寝ていたようだ。

だがすぐに、

「そいつをすぐに言わねえかい！」

慌てる声が聞こえてきて、卯之助が襟《えり》を直しながら店先へとび出してきた。

「兄イ……、わざわざすまないね……。まあとにかく上がってくんなよ……」

満面に笑みを浮かべたが、

「いや、外へ出よう。ちょいと顔を貸してくんな」

直次郎は、くすりとも笑わず、淡々として言った。

「兄イ……」

「いいから顔を貸しな。手間は取らせねえや……」

「わ、わかったよ」

女房子供の前ゆえ、直次郎も叱りつけたい気持ちを抑えているのだ。

それがわかるゆえに、卯之助はすぐに土間へ降りて、

「ちょいと出かけてくらあ……」

おさとに言い置いて、直次郎について外へと出た。

おさとは引きつった顔で、

「おじちゃん……」

と、哀しそうな表情で見送る七松を抱き寄せた。

いつもはやさしい直次郎の、しかつめらしい顔が、七松には信じられなかったのであろう。

おさとにとってもそれは哀しかったが、直次郎は自分と七松に構ってやれないことをもっと辛がってくれているに違いない。

おさとはそれを信じて、希望を見出していた。

良人《おっと》が調子に乗って遊興に走り、近頃は博奕の深みにはまっていることはよくわかっていた。

何度も意見をして喧嘩になって、日頃はやさしい父親が怒鳴《どな》る声を聞いて、七松が泣いていた。

そんな日々も直次郎が今日で終らせてくれたら――。

直次郎は恐い顔で、卯之助を叱り、諭しに来てくれたのだ。

おさとは七松のはかなげな小さな肩を抱いて、駆け出したい想いをじっと堪えるのであった。

直次郎は、おさとの願いは痛いほどわかっている。

七松には、いつものように、

「直次郎のおじちゃん……」

と、まとわりついてほしかった。

だが、今日は叱ったり諭したりするくらいではすまされなかった。

「卯之助の野郎、なめた真似《まね》をしやあがって、明日にでも大川へ沈めてやる……」

金を踏み倒されて、そんな風に激昂《げきこう》している者も既にいて、

「まずおれに預けてはくれねえか……」

直次郎はそれを宥めてきたのだ。

生半《なまなか》なことでは示しがつかぬのが、渡世人の掟であった。

「兄ィ……、近頃は寒くなってきたねえ……」

先を行く直次郎に、卯之助は何度も愛敬をふりまいたが、直次郎は押し黙ったまま、卯之助を寿松院の脇にある杉木立の中へと連れて行くと、

「卯之、お前、何かおれに言うことを忘れていねえかい」

刺すような目を向けた。

「言うこと、かい……」

「おれのこのしけた面ァ見りゃあ、すぐにわかるだろう」

卯之助は、ここへ来るまでの間に察していたが、ここへきてもまだ、自分にやさしかった〝直兄ィ〟に甘えていた。

「博奕のことだね……」

卯之助はうなだれた。

「お前、このおれだけじゃあねえ、元締にまで恥をかかせやがったな」

直次郎は冷徹な口調で言った。

「そ、そんなつもりはなかったんだ。頼むよ、金のことは何とかするから、今度ばかりは見逃しておくれよ……」

「やかましいやい！」

直次郎は、縋《すが》る卯之助の横っ面をはたいた。

「あ、兄ィ……、許してくれよ……」

卯之助は泣きながら許しを請うたが、一度手が出ると止められなくなるのが、やくざ者の癖である。

「頼むよ……、長《なげ》え付合いじゃあねえか……」

卯之助の、どの言葉を聞いても腹が立ってくる。

「長い付合いだと……？　付合いてえのはお互いさまの間柄を言うのよ。手前がおれに何をしてくれたんだよう！」

直次郎は卯之助を蹴《け》り上げた。

「言ってみろい！　何をしてくれた！　お前がおれにしたこたぁ、人の親切を無にして、顔に泥を塗っただけじゃあねえか！」

「兄ィ、すまねえ……、心を入れ替えるよ。だから勘弁してくれ……」

「勘弁ならねえ！」

直次郎は狂ったように卯之助を殴りつけ、踏みつけた。

「お前のやっていることァ、できそこねえの博奕打ちだ！　小間物屋の道楽じゃあねえ！　なめた真似をするなら、裏の始末をつけてやろうか！」

「お前の片腕へし折って、お前の女房を叩き売って、借金の片ァつけるってことだ！」

「裏の始末……」

「勘弁してくれ……」

卯之助の目は腫《は》れあがり、口の中は切れて血が流れ出た。

それでも直次郎は許せなかった。

やくざの自分の本性を、さらけ出させた卯之助が憎くて仕方がなかったのだ。

「いっそ、おれの手で叩き殺してやらあ！」

再び拳《こぶし》を振り上げた時、

「旦那！　どうなさいました！」

木立の中へ駆け込んで来た男の声がした。

声の主は駕籠舁きの新三であった。

彼の声は、直次郎が今日聞いたどの声よりも野太く、よく通る迫力のあるものである。

それが直次郎を我に返らせてくれた。

「どうなさいました……？　見ての通りよ」

「へい……」

「渡世人のけりをつけていたところよ」

「そいつは余計なことをいたしました……。小便しようとうろついていたら、旦那の声が聞こえたもので……。どうぞ、続けておくんなさいまし」

新三は頭を下げた。

続けろと言われて続けられるものではない。

「ふふふ、好いところに来てくれたよ。いつまでもお前達を待たせてはおけねえな……」

直次郎は仏頂面《ぶっちょうづら》で言った。

「畏《おそ》れ入ります……」

新三は真顔で頭を下げた。

――もうその辺でやめにしたらどうなんです。

下げた頭はそう語っていた。

もちろん新三は、直次郎が小間物屋から卯之助をここへ連れてきて、けじめをつけんとしたのをそっと窺っていた。

直次郎は悪人ではない。それなりの理由があるのであろう。すぐに止めずに、頃合を計って出て来たのだ。

それが直次郎に取り憑《つ》いた魔を追い払った。

——先棒の野郎、出しゃばりやがって。

直次郎は不快ではあったが、引くきっかけが出来たことにほっとしていた。

「卯之……」

踞《うずくま》っている卯之助を見つめて、

「顔の腫れが引いたら、奥山に来な。まずは元締に詫びを入れろ。話はそれからだ」

直次郎らしい情のある口調でそう告げると歩き出した。新三が後に続いた。

「兄ィ……」

卯之助は直次郎の後ろ姿に、ひたすら頭を下げ続けていた。

九

「おれが襲われたとでも思ったかい?」

駕籠に戻るまでの道中、直次郎は興奮を静めんとして、新三に話しかけた。

「旦那の怒鳴り声を聞いたのは初めてでございましたから、てっきり旦那が逆恨みを受けて襲われたのかと……。まあ、そんな野郎に後《おく》れをとる旦那じゃあねえでしょうが」

　新三はさっきと変わらぬ物言いで応えた。

「それで来てみりゃあ、おれが襲っていたってところかい」

「襲っていたようには見えませんでしたよ」

「どんな風に見えた？」

「親が聞きわけのねえ子供を躾《しつけ》ているような……」

「うめえこと言うねえ」

「あっしにだってわかりますよ。殴ったり蹴ったりする度《たび》に、自分の胸が痛んでくる、そんな様子がねえ」

「おれの様子がおかしかったから、そっと見ていてくれたんじゃあねえのかい」

「とんでもねえ、あっしは小便しに……」

「まあ、何だっていいや。来てくれて助かったぜ」

　直次郎の顔に、やっと笑みが浮かんだ。

　その頃には太十が待つ駕籠の傍まで来ていた。

「旦那の仕事も大変ですねえ。気が休まる間もありゃあしねえ」

ぽつりと言った新三の言葉に、直次郎は苦笑いして、

「世の中には馬鹿が多くて困ったもんだ。まあ、おれもその一人なんだが……」

思い入れをした。

卯之助はこれで思い知ったであろうが、彼はどうも小間物屋に忘れ物をしたような気になっていた。

「まず一服つけておくんなさいまし」

太十が駕籠に備え付けてあった小さな煙草盆《たばこぼん》を掲げてみせた。

「うむ、こいつはありがてえ……」

直次郎は煙草入れから煙管《キセル》を取り出すと、素早く煙草を火皿に詰めて、立ったまま一服つけた。

白い煙を吐き出しながら、冬の陽光に頼りなく煌《きらめ》く水面を眺めていると、すっかりと気持ちも落ち着いてきた。

〝忘れ物〟が何なのかを見つけんとして、

「さっきの野郎は卯之助と言って、まったく馬鹿でどうしようもねえんだ……」

新三と太十に、この経緯を問わず語りに話し始めた。

二人に報《しら》せたとて、この空《むな》しさはどうにもならないだろうが、新三と太十なら答え

に繋がる何かを見つけてくれるのではないか——。

そんな気にさせられたのだ。

「そいつはまったく、どうしようもねえ野郎ですねえ」

「まったくだ。旦那がけじめをつけなすったのは当り前のことですよ」

新三と太十は一通り話を聞くと、神妙に頷いてみせて直次郎を慰めた。

そうされると、直次郎も卯之助を少し庇《かば》ってやりたくなる。

「だがよう、仏の顔も三度までだ。おれは仏じゃあねえが、一度目は口で言って聞かせる方がよかったかもしれねえな」

などと自省が出てきた。

「いや、何ごとも初めが肝心ですぜ。旦那に殴られるのが一番応えるはずだ。これできっと心を入れ替えるでしょうよ」

太十が珍しくぺらぺらと喋った。

「太十、そんなことは言わずもがなだ。おれ達は、どうすれば旦那に心地よく駕籠に乗ってもらえるか。そいつを考えねえといけねえのさ」

「なるほど、確かに新三の言う通りだ……」

それも客を扱う駕籠舁きの仕事だというのだろうか。

「どうすりゃあ心が晴れるか……。まあ、このまま新さんと太ァさんの担ぐ駕籠に揺られて帰れば、そのうちに機嫌も直るだろうよ」

直次郎はふっと笑った。

「そうですかい……」

新三と太十は溜息をついて、直次郎を再び駕籠に乗せたが、新三がふと思い付いて、

「旦那、話を聞けば、その七松っていう子供に、まだ小遣いをあげてねえんじゃあねえですかい？」

「七松に小遣いを？」

「あげたら喜びますぜ。好い心地になるには、子供の無邪気な顔を見るのが何よりじゃあ、ありませんかねえ」

新三は、直次郎にそれを勧めた。

直次郎の跡をつけた時、小間物屋で七松を振り切って卯之助を連れ出した姿が、目に焼き付いていたのだ。

渡世人の始末をつけるのだ。そのけじめが女房子供に及んだとて容赦せぬ厳しさがいる。

直次郎は七松の情にほだされては仕事にならないと邪険にしたが、その傷が何よりも心に残っていると見破っていたのだ。

「そりゃあ七松はかわいいが、痛い目に遭わせた野郎の家に、またとって返すのも恰好がつかねえぜ」

直次郎は苦笑した。

しかし、今自分を襲う屈託は何よりも、七松が見せた哀しそうな目差《まなざ》しではなかったか。その想いがはっきりとした。

「恰好のつけ方なんて、何とでもなりますよう」

新三は低い声で策を練り、いささか逡巡《しゅんじゅん》する直次郎に構わず、

「ヤッサ！」

「コリャサ！」

と、太十と息もよろしく駕籠を走らせた。

すぐに駕籠は件《くだん》の小間物屋に着いた。

垂れは下ろしたままである。

店には誰もいなかった。

奥の方から、男の呻《うめ》き声がかすかに聞こえる。

直次郎に痛い目に遭わされた卯之助が、やっとのことで家に辿《たど》り着き、おさとに傷の手当をしてもらっているのだろう。

「え〜、おさとさんはおいででございますか」

新三が声をかけた。

「はい……、ただ今……」

すぐにおさとが店先へ出て来て、駕籠屋二人の姿を見て目を丸くした。

「うちのお客さんが、こちらの坊やに、そっと会って渡したいものがあると仰《おつしや》いましてねえ……」

「七松に……?」

おさとは土間に下りて、止まっている駕籠を上げた。

太十がそっと垂れを上げた。

「あ……!」

思わず声をあげそうになったおさとに、駕籠の中の直次郎は頬笑みつつ、片手拝みをしてみせた。

「黙って坊やを旦那の許《もと》へ……」

新三がすかさずおさとに囁《ささや》いた。

「は、はい……！」

おさとは帳場の脇にある梯子《はしご》のような階段を駆け上がった。

狭い小さな二階の一間に七松はいるらしい。

父親の無様な恰好は見せられぬと、上へ行かせていたのであろう。

七松は転がるように階段を下りてきて、

「おじちゃん……！」

勢いよく表へとび出した。

先ほどは恐い顔をしていた直次郎小父《おじ》さんが、駕籠の中で笑っている。

「七松……、小父さんはちょいと先を急ぐのでお前に構ってやれねえんだが、さっき渡すのを忘れていたものがあってな……」

直次郎は七松の頭を駕籠の中から撫《な》でてやりながら、その紅葉《もみじ》のように小さな手に、料紙でくるんだ金子《きんす》を握らせた。

「ほうらお前に小遣いだ」

「ありがとう、おじちゃん……」

おさとは、持ったことのない金子の重みに目を丸くしている七松を見て、駕籠の中の直次郎に手を合せた。

直次郎はにこやかに頷きつつ、

「いいかい、こいつはお前にあげたもんだ。だが、お前はまだ小せえから、おっ母さんに預けておきな」

「うん！　わかった！」

「ようし！　おっ母さんに渡してきな……」

直次郎は七松をおさとの許へやると、

「きっと、奥山の元締のところへ詫びに来いと、お前からも伝えてくんな……」

と、おさとに言った。

「はい……！」

おさとは涙ぐんで言葉にならなかった。

直次郎は何度も頷いたが、何ごとかと店の奥から卯之助が顔を覗かせたのを見て、自分で駕籠の垂れをはらりと落とした。

新三と太十は、おさとと七松に頬笑むと、

「ヤッサ！」

「コリャサ！」

と、駕籠を担いで勢いよくその場を立ち去ったのである。

十

阿部川町《あべかわちょう》の堀端で、新三と太十は一旦駕籠を止めて、垂れを上げた。

直次郎の目に溢れた涙も乾いた頃であろう。

「旦那、ちょいと風を通しましょう」

「おう、そうしてくんな。好い心地だあ……」

直次郎は駕籠を出ると、大きく伸びをして息をついた。

「旦那、これで卯之助さんも、心から凝りたでしょうよ」

「そう思うかい？」

「旦那に痛い目に遭わされて、その後子供《あと》を構って女房を泣かされて……、あれは相当応えたと思いますねえ」

「二人のお蔭だよ……」

直次郎はしみじみと言った。

「とんでもねえ……。口はばったいことを申しました。あっしも太十も子供がいると聞くと、ついその子が笑っている顔が見たくなりましてねえ……」

「それはおれも望むところだ。子供の頃は、あんまり心の底から笑ったことがなかったからなあ。これですっきりしたぜ。奥山へ帰るとするか」

「他に廻るところはねえですか？」

「他に？」

「このまま旦那をお帰しするのも名残惜しゅうございますからねえ」

「ははは、嬉しいことを言ってくれるぜ。だが、今日の仕事はすんだよ」

「仕事がすんだら、旦那だけのためにやらしてもらいますよ。どこか行って、見ておきたい景色とかございませんか？」

「見ておきてえ景色か……」

「へい。見ればほっとするような……」

新三がにこりと笑うと、

「今日一日の好い締め括《くく》りに……」

太十が続けた。

二人は、男伊達をまっとうせんとして心身をすり減らしている直次郎を、少しでも癒《いや》すことが出来たらと考え始めていた。

――まったくおかしな駕籠舁きだ。

直次郎は呆《あき》れ顔をしたが、言われてふと思いつき、

「よし、そんなら不忍池《しのばずのいけ》へ行ってくんな。西の端で弁財天《べんざいてん》を裏から見てみてえ」

「弁財天を裏手から……？」

「そいつはまた乙《おつ》なもんですねえ」

「酒手ははずむぜ」

「酒手などいりませんよ。あっしらは駕籠舁きになってまだ日が浅《あそ》うございますから、お客を乗せて、方々走ってみてえんでございます」

新三が言った。

直次郎はまた呆れ顔をしたが、

「一日の好い締め括りになるかどうかはしれねえが、よろしく頼むぜ」

足取りも軽く駕籠に乗り込んだ。

「ヤッサ！」

「コリャサ！」

新三と太十の駕籠は快調に進んだ。

「新さん、太ァさん、こいつは気が付かずにすまねえ。昼もとっくに過ぎたってえのに、何も食っていなかったな……」

新寺町《しんてらまち》の通りで直次郎は、三人でそばを食べようと言った。

緊張の糸が切れると腹も減るものだ。

不思議なもので、直次郎は新三と太十とは十年来の付合いのような心地がしていた。

寺が連なる通りには、葭簀掛けで出ているそば屋もあった。

直次郎が仕事を済ませる間、新三と太十は、適宜《てきぎ》持参した握り飯を食べていたが、直次郎は付合わせた。

これから行くのは不忍池の西端の茅町《かやちょう》二丁目辺りである。池に浮かぶ弁財天を裏手の方から眺めたいと言いつつ、そこにも直次郎にとって別なる緊張があるのかもしれない。

彼は奥山の嘉兵衛の身内になってからの苦労話を明るく語った。

相手が一人だと思って強気に出たら十人出てきたので慌てて逃げ出した話だとか、喧嘩の最中に役人が通りかかり、すぐに相手と囁き合って相撲を取っているふりをした話などがほとんどだが、

「こんな馬鹿なことをしていた頃もあったからなあ、そりゃあ女房をもらいそこねるわけだぜ」

などと、つくづく嘆く時もあった。

いずれにせよ、そわそわする想いを紛らせていたのであろう。

池の端を駕籠で通ると、直次郎は無口になり、いよいよ不忍池の西端に着くや、

「そこの大きな松の手前に止めてくんな」

そのように指図した。

そこは一段高くなっていて、池端の道越しに遠く弁財天が見える。

北の方には比叡山延暦寺《ひえいざんえんりやくじ》に模して建立された東叡山寛永寺《とうえいざんかんえいじ》。この池は琵琶湖《びわこ》になぞらえて作られたもので、竹生島《ちくぶしま》に当るのが弁財天のある弁天島となる。

その風景を直次郎は、駕籠に乗ったままぼうっと見ていたが、そういう霊験に与《あずか》ろうとここまで来たわけでもなかろう。

駕籠を止めた少し先に、茶や団子、ちょっとした食事の出来る休み処がある。

直次郎の目は、絶えずその店先に向けられていた。

そこは二十半ばの女将《おかみ》が、小女を二人ばかり雇って切り盛りしているようだ。

客達は近くの寺男や武家奉公人、行商の者や、これから根津《ねづ》の色町に繰り出そうかという遊客《ゆうかく》など色々だが、皆がのんびりとしていて長閑《のどか》な池端の風景に溶け込んでいる。

女将は肌の浅黒さがかえって健やかな色香を引き立たせる、黒眼がちの縹緻よしだ。

新三と太十は、ぼんやりと池の水面を見つめていたが、直次郎がこの女将の様子をそっと見に来たのは薄々わかっていた。

〝駕籠留〟で、お龍とお鷹がややうっとりとした調子で、聖天の直次郎について語ったことの中に、

「直次郎さんは四年前に、ちょっとした揉めごとを一人で押さえて、一年ばかり江戸を離れたことがあったそうなんだよ」

「その時、直次郎さんには言い交わした女《ひと》がいたんだけど、やくざな暮らしを送っていると、いつまた旅に出ないといけなくなるかわからないからって、きっぱりと別れたそうよ」

こんな件があった。

「直次郎さんは今も独り身だというから、その女のことが心に引っかかっているのだろうねえ」

「その女は今どうしているのかなあ」

「きっと独りでいるわよ。あたしなら、いつかまた会いに来てくれる日を待つわよ」

「そうね。あたしもそうするわ……」

直次郎は相手のためを想い、きっぱりと別れることが出来る好い男だと、姉妹は身もだえていたが、それを聞いていた留五郎は、

「お前達は、そうやって婆《ばば》ァになっちまうんだろうな」

溜息をついたものだ。

その別れた女が、休み処の女将に違いない。

一日の締め括りに〝見ておきたい景色〟はないかと持ちかけたのは、こういう機会に自分達がそこ迄連れて行ってあげたいと思ったからだ。

そして案に違《たが》わず、直次郎はこの景色を選んだのだ。

そういう時、新三と太十は駕籠舁きになって本当によかったと思うのだ。

その景色の中に、三つ四つの〝やんちゃな子供〟が不意に彩《いろどり》を添えた。

子供は客のいる床几を走り回っていて、

「ああ、どうも相すみません……」

女将はこれを捕えて客達に謝まっている。

何ともほのぼのとした風景であるが、

「これ、直太郎！　いけませんよ！」

女将は〝やんちゃな子供〟をそう呼んだ。

——直太郎？　もしかして……。

新三と太十は顔を見合せたが、その子が女将に引っ張られて、店の奥へと消えると、

「新さん、太ァさん！　やっておくれ……」

駕籠の中の直次郎は言った。

「旦那……、見ておきたい景色は……」

新三が少しうろたえて問い返すと、

「ああ、もう十分見たよ。ははは、何年ぶりかで、好い心地だ……」

「景色は随分と変わりましたかい？」

太十がしみじみと訊ねた。

「ああ、前に見かけた雛鳥《ひなどり》が空を飛んでやがったぜ」

「そいつは好い締め括りで……」

新三が大きく頷くと、太十がこれに倣った。

駕籠は再び走り出した。

新三と太十は満足のいく仕事が出来たと喜んだが、冬の日はあっという間に暮れて

いく。

これでは奥山に着く頃には夜になってしまうだろう。

急いで道を辿ったのだが、浅草寺《せんそうじ》裏の道を通る頃には、とっぷりと日が陰っていたのである。

十一

「旦那、余計なことを言って、すっかりと遅くなっちまったようで、相すみません」

新三は詫びたが、

「おれは小さな子供じゃあねえよ。昼も夜もねえところで生きている身には、どうだって好いことさ」

直次郎は泰然自若としていた。

考えてみれば、この駕籠で三ヵ所を廻っただけなのに、三人で江戸中を巡ったような気になっていた。

新三と太十は相変わらず駕籠を担いで走るのが楽しいらしく、直次郎の男振りを称《たた》えながらも、

「直次郎のようになりたい」

とは考えていないらしい。

それが少し癪《しゃく》ではあるが、人形町の〝駕籠留〟に声をかければ二人にはいつでも会えるのだ。

嘉兵衛にあれこれ報せた後に、

「駕籠舁きのままにしておくには惜しい二人がおりやす」

身内にしてはどうかと持ちかけてみるつもりであった。

――新三、太十、お前らは駕籠舁きが何よりの仕事だと思っているかもしれねえが、人には分《ぶん》というものがある。お前らは世のため人のために力を揮《ふる》うだけの器量が身に付いているんだ。おれの傍で存分にそれを生かすのさ。

彼は奥山に近付くにつれて、その想いを確かなものにしていた。

ところが、新三、太十と過ごした一日にはとんでもないおまけがついていたことに、彼は気付かずにいた。

「旦那……、何やら物騒な風が吹いてきておりやすよ……」

新三は左手に田地が続く道に出たところでその異変に気付いた。

「おかしな連中がついてきているようですねえ……」

太十も同じく気付いたようだ。

「何だと……」

直次郎も人の気配にやっと気付いたが、その時脇の道から五、六人の男が躍り出てきた。

「駕籠から降ろしてくんな」

すかさず直次郎は言った。

駕籠で逃げたとて追いつかれるはずだと、堂々と駕籠から降りて、

「新さん、太ァさん、お前らを巻き込むわけにはいかねえや。行ってくんな」

静かに伝えたのであった。

「いや、でも旦那……」

新三は焦った。前方に黒い影は回り込んでいて、三人の前に立ち塞《ふさ》がっていた。

どうやら待ち伏せをされたようだ。

「話をつけるから、心配いらねえよ。とにかく今は行ってくんな」

直次郎はさすがに修羅場を潜っている。落ち着いて新三と太十に告げたかと思うと、

「お前ら、おれが聖天の直次郎とわかって道を塞ぐのかい？」

黒い影に問うた。

影達はぴくりと体を震わせた。

滅多《めった》に身内の若い衆を引き連れて歩かぬ聖天の直次郎の名は、ちょっとした伝説のようにその筋の者達には通っている。

どうせ何かの逆恨みか、はね返りの若い衆が己が名をあげてやろうと直次郎を狙ってきたのであろうが、改めて名乗られると足が竦《すく》むのであろう。

そういう気を読むのが直次郎の渡世人としての術なのだ。

黒い影は皆、頰被《ほおかぶ》りをして右手を懐に入れている。呑《の》んだ匕首《あいくち》に手をかけていると思われる。

こういう輩は大抵《たいてい》が虚仮威《こけおど》しで、聖天の直次郎を襲って名をあげるのと、それによって奥山一家から報復を受ける危険とを絶えず天秤《てんびん》にかけているものだ。

決して喚《わめ》かず、貫禄を見せて諭すように当れば、まずことなきを得る。

「お前らがそれじゃあ、駕籠の衆が恐がっていけねえや。話はそっちでつけようか……」

直次郎は相手の気を吞んで、すたすたと前へと歩み寄り、五人の影を従えて、大きな杉の木の方へとところを移した。

そこは道端が広くなっていて、木の向こうは細い畦道《あぜみち》が続いている。

この辺りの地理には詳しい直次郎である。

まず杉を背にして、背後からの襲撃を防ぎ、いざとなれば、杉の後ろの畦道を逃げ道にするつもりであった。そこを逃げれば、敵は一列でしか直次郎を追えまい。

新三と太十は、凍りついたように立ち尽くし、その様子を窺った。

逃げろと言われて逃げられるものではない。

だが、駕籠舁きが加勢すると見られれば、連中はかえって襲いかかってこよう。

新三と太十は互いに耳打ちをして、足が竦んで動けなくなった駕籠舁きをその場で演じたのだ。

こういうことが意図して出来るとは、この二人もなかなか頭が切れる。

「さすがは旦那だな。度胸が据っている……」

「ああ、することが理に適っているな」

新三と太十は囁き合った。

「お前らはどこの者だい？」

直次郎は杉を背にして影に訊ねた。

影は黙っている。

「そりゃあそうよな。訊《き》くだけ野暮だ。誰かに頼まれたのかい？　それとも手前の存念かい？　それなら度胸を誉めてやるが、一旦けりがついた話を蒸し返すのは互《たげ》えのためにならねえぜ」

直次郎は弁が立つが、影は相変わらず黙ったままである。

「太十……、奴らは容易く引き下がりそうにねえぞ」

「そうだな。旦那は危ねえ目に遭ったら、どんな時でも笑っているのが大事だと言ってなすったが、まったく笑ってねえや……」

それは太十の言う通りであった。

「互えのためにならねえだと……？」

黒い影の一人が低い声を発した。どすが利いていて、いささか震えてはいるが、後には引かない覚悟が窺われる。

「おれは丸腰だ。勝ち目はねえ。おれがやられる。そうしてまた今度はお前らがやられる……。それじゃあきりがねえや。この辺でよしにしな……」

直次郎は影を諭したが、つきをもたらす笑いは、その顔にはまるで浮かんでいなかった。

「やかましいやい！　お前の方じゃあすんだ話でも、こっちの方じゃあすんでいねえんだ！」

一人が激昂した。

「それじゃあ、話にならねえ。まず落ち着きな……」

直次郎の顔は引きつっているように見えた。

笑っているかと思うと、先手を打ってこちらから仕掛けて相手の不意を衝く。そこからはひたすら狂ったように攻め立てる――。

そこでまた笑って手打ちにもっていけば好いと直次郎は熱弁を揮っていたが、

「話をする気はねえや！」

狂ったように殴りかかったのは、黒い影の方だった。

「何、しやがる！」

ここは直次郎もうまくかわしたが、その隙に杉の木の後ろにも影が一人回り込み、
直次郎は逃げ場を失った。

「ま、待て……！　お前ら、命を粗末にするんじゃあねえ！」

直次郎は、笑いも狂いも出来ず、周囲を取り巻かれすっかりと色を失っていた。

「おきやがれ！」

遂に一人が匕首を抜いた。

直次郎は丸腰である。そこに渡世人の恰好よさを求めているのだが、こうなるとどうしようもなく、足下に落ちていた木の枝を掴《つか》んだ。

影は次々と匕首を取り出して、じりじりと輪を狭めた。

「こいつはいけねえ。太十、一旦逃げるぞ」

「合点だ……」

新三と太十は低く唸ると、駕籠の屋根に結《ゆわ》えてあった予備の杖《つえ》をそれぞれ一本手にすると、脱兎《だつと》のごとく傍《かたわ》らの路地に駆け込んだ。

だが二人は逃げたふりをしたのだ。

路地で羽織っていた半纏を脱いで、これを素早く裏返しに着直し、頭の鉢巻を外すと頰被りにして、

「よしッ！」

と頷き合うや、杉の大樹へと駆け付けた。

「手前ら何をしやがる！」

「退《ど》け退け！」

そして手にした杖で、影に立ち向かったのである。

「何だ手前ら！　邪魔すると命はねえぜ！」

影は叫んで匕首を揮ったが、初めに斬りかかった二人は、たちまち杖で小手を打たれ、その場に匕首を取り落したかと思うと、新三と太十の二の太刀で脳天を打たれ、その場に倒れ気絶した。

武芸者のごとき、見事な技であった。

二人は攻撃の手を緩めず、そのまま前へ出ると、残る三人の足を払い、胴を打ち、突きを入れて悶絶《もんぜつ》させた。

そして、呆気《あっけ》にとられて見ている直次郎を尻目《しりめ》に、影達の帯を解きこれで奴らを縛りつけ、

「旦那、面を検《あらた》めておくんなさいまし」

直次郎に耳打ちした。

そして、直次郎の〝首実検〟が終ると、影がしていた頰被りで目隠しをした上で、道の端へ転がした。

それからは、

「とにかくここを離れましょう」

まず直次郎を駕籠に乗せて、北馬道町《きたうまみちちょう》の人通りの多い辺りまで一気に駆けたのであった。

十二

直次郎を襲ったのは、先日の柳原一家との揉めごとのきっかけを作った、柳原の芳蔵の元乾分達であった。

芳蔵は乾分達が、富坂町で密《ひそ》かに賭場を開いていることは黙認していたが、奥山の嘉兵衛から非を問われると、これを知らなかったことにして関わった連中を絶縁した。

確かに連中のしたことは悪かったが、奥山一家の縄張りを侵したわけでもなかった。

そこへ出しゃばってきた聖天の直次郎への腹立たしさが募っていたところ、この日いけしゃあしゃあと芳蔵を訪ねて愛想を言っていたと耳にして、

「今日は一人で方々廻るみてえだ。あの野郎を帰り道で待ち伏せて始末してやろうじゃあねえか」

と、話がまとまったらしい。

直次郎は、新三と太十のお蔭で、連中の面体を検めることが出来たし、道端に身動

き取れぬように置いてきたので、後になってすぐにこれを知り得た。

結局は、帰り道に追い剝《は》ぎが出たので、これを捕えてひとまず家へ帰ったと、役所に申し出るに止《とど》めたのだが、それは後の話である。

新三と太十は、奥山一家がある料理茶屋の手前で一旦、直次郎を降ろすと、

「お前達はおれの命の恩人だぜ。あんなに強《つえ》えとはまったく恐れ入った。ただ者じゃあねえと思っていたが、ひとつこれから先の身の振り方をおれに世話させてくんな……」

手を取らんばかりに喜び興奮する直次郎を、

「旦那、まず落ち着いておくんなさいまし」

「あっしらはここでお暇をちょうだいいたしますが、まず話を聞いておくんなさいまし」

新三と太十は宥めつつ、半纏を元通りに着直して、ねじり鉢巻をして元の駕籠舁きの姿に戻った。

「おいおい、お暇なんて言わずによう。まず元締に会っていってくんな」

直次郎は、新三と太十をこのまま帰すわけにはいかなかった。

「いえ、あっしらは今日一日の務めをこれで終らせていただきました。駕籠舁きには

駕籠舁きの分というものがございますから」

新三が変わらぬにこやかな表情で言った。

その物言いを聞いていると、直次郎も落ち着いてきて、

「そうかい。そんなら今日のところは、さっきの連中の後始末もあるし、ここで別れるとしよう。だが、おれと新さん、太ァさんの関わりは、この先もっと深《ふけ》えものにさせてくんなよ」

直次郎は縋るように想いを告げた。

「へへへ、旦那、深えものも何も、あっしらは駕籠舁きでございますよ。また人形町辺りにおいでの時は呼んでやっておくんなさいまし」

あれだけの強さを見せながら、新三の態度はやはり変わらない。

「新さん、それはつれなかろうよ」

「ひとつお願いがございます」

「何でも言ってくんな」

「最前のあっしと太十の助っ人のことは、どうぞご内聞に願います」

「あれは旦那が皆叩き伏せたってことに……」

「五人相手におれが一人でかい？」

「そこはまあ、旦那のお身内が駆けつけてくれたとか、うまく取り繕ってくださいまし」

「新さん……」

「聖天の直次郎の加勢をした駕籠舁きがいる……、なんて噂が広まったら、あっしら二人はおっかねえ仕事ばかりさせられちまいますからねえ」

「それじゃあ、駕籠を舁くのが辛くなっちまいますよ」

「太ァさん……、二人共、そんなに駕籠が舁きてえのかい……」

もはや嘆息する直次郎に、

「旦那は今の生業に生命をかけておいでじゃあねえですか」

「あっしらも同じ想いなのでございますよ。旦那、どうかそこんところ、よろしくお願い申します」

新三と太十は深々と頭を下げた。

直次郎は嘆息して、

「おかしな二人だなあ……。だが、それが願いだと言うなら、わかったよ……。これだけは取っておいてくんな」

二人にそれぞれ酒手を握らせた。

二人はそれを押し頂くと、

「そんなら遠慮なくちょうだいいたします」

新三が礼を言って、

「旦那、不忍池の休み処……。今度はきっと駕籠から降りて、行ってあげてくださいまし」

太十が新たな願いを残し、揃って空駕籠を担いで、ゆったりと駆け出した。

「新さん、太ァさん、ありがとうよ！　楽しかったぜ！」

直次郎は、もう二人を諦めて声をかけるしかなかった。それが精一杯の男伊達であった。

新三と太十は一度だけ振り返ってまた頭を下げると、

「ヤッサ」

「コリャサ」

軽快に走り去る。

「あんなに楽しそうに駕籠を舁く野郎を見たのは初めてだぜ……。どうやらおれは、男とはこうあるものだ、なんて思い上がっていたようだ……」

見送る直次郎は、どうしようもない惨《みじ》めな想いにさらされていた。

「直兄ィ……！　帰っておいでだったんですかい」

「元締がお待ちかねでございますよ」

料理茶屋の裏木戸から、直次郎の声を聞きつけたか、奥山一家の若い衆が出てきて、直次郎にまとわりついた。

「そうかい……」

直次郎は力なく応えた。

若い衆は小首を傾げて、

「兄ィ、どうかなさいやしたか」

怪訝《けげん》な目を直次郎に向けた。

直次郎は虚《うつ》ろな表情のまま、

「いや、恰好ばかりつけているが、おれはまったくなっちゃあいねえと思ってよう」

ぽつりと言った。

若い衆は楽しそうに笑って、

「何を言っているんですよう」

「兄ィがなっちゃあいねえなら、兄ィみてえになりてえあっしらは、どうしようもねえってことですぜ」

「まったくざまァありやせんや」

「さあ、参りましょう」

直次郎を賑やかにいざなった。

「ああ、そうだな。色々と話さねえといけねえことがあるんだ……」

だがそれがどれほどのことなのだと、直次郎は肩を落して若い衆に続いた。

新三と太十が舁く駕籠は、既に冬の夜空の中へ吸い込まれるように消えていた。

二　月が出た

一

荒布橋《あらめばし》にさしかかろうというところで、おせんは犬の声を聞いた。

くんくんと鼻を鳴らしている。

犬好きのおせんには、その声が憂いを含むものだと思われた。

野良犬《のらいぬ》が荷車に轢《ひ》かれて怪我《けが》でもしたのか。飼い犬が主に逸れて途方に暮れているのか——。

——どうしちまったんだろうねえ。

彼女は思わず立ち止まり、辺りを見廻した。

おせんは小網町《こあみちょう》一丁目に住まう、植木屋久兵衛《きゅうべえ》の女房である。

歳は二十四。旦那の久兵衛は三十。

子に恵まれぬ夫婦は、何かというと喧嘩になる。

働き者で、何とかして今の暮らしを豊かにしたいという想いは夫婦同じである。

また、物事が自分の尺度で上手く運ばないと気がすまないという気性もよく似ている。似た者夫婦は、遠慮がないゆえすぐに衝突するのだ。

おせんの手には、つい先ほど普請場へと出かけた久兵衛が忘れていった弁当がある。日頃から憎たらしいことばかり言う宿六である。

このまま放っておいて自分が食べてしまおうかとも思ったが、そこは惚れ合って一緒になった仲である。

「まあ、今日はひとつ貸しにしといてやろうかねえ」

普請場は家からほど近い、本石町《ほんこくちょう》一丁目の料理屋であるから届けてやることにした。

喧嘩はしていても、ちょっとした非常時は、互いに助け合ってしまうのが、五年以上も連れ添った夫婦の情であろう。

――早く届けてやらないと、あの馬鹿がまたうるさいからね。

犬どころではないと思って、おせんは風呂敷包みを手に先を急ごうとしたのだが、

「くんくん……」

また哀しそうな犬の声がする。

おせんは放っておけずに声がする方へと歩みを進めた。

ふと見ると、右手の路地に積まれた木箱の陰に、二尺ばかりの白い犬が見えた。

立派な大人の犬で、

「どうしたんだい……」

近付いてみると、毛並も美しく野良犬でないのは一目瞭然《いちもくりようぜん》だ。

犬はおせんにとことこと寄って来た。

犬好きであるのを見抜いたのであろうか、足下へ来て鼻先をつけてくるのが、おせんにはかわいくて仕方がなかった。

「恐がらなくてもいいよ。とって食ったりはしないからね……」

頭を撫でてやると、犬は心地よさそうに目を細めた。

「お前はお利巧《りこう》だねえ……」

おせんの口許が自ずと綻《ほころ》んだ。

「うちの馬鹿とは大違いだよ」

犬にまで亭主をこき下ろすのが、いかにも彼女らしい。

犬は首輪を付けていた。

「やはり逸れたんだね……」

よく見ると首輪には迷子札がついている。

それを読むと、〝本町《ほんちよう》一丁目　山城屋《やましろや》　きゅう〟そのように記されてあった。

「ああ、山城屋さんの犬なのかい……」

それならここからすぐ近くである。

久兵衛の仕事先への通り道だ。

「きゅう……、てえのがお前の名かい？　ふふふ、うちのと同じだねえ。久兵衛って言ってね、皆から〝きゅう公〟なんて呼ばれている馬鹿なのさ。ふふふ、こりゃあおもしろいねえ。そんならきゅうさん、道行といこうかねえ……」

おせんは犬を連れて歩き出した。

犬は素直について来る。

「こっちのきゅうさんは、うちの久公と違って聞き分けがいいねえ」

おせんはころころと笑った。

顔もふくよかで肉付もよい。犬はおせんとどことなく似ていた。

「まったく、うちの久公は、何かというと、〝おれはついてねえや〟なんて泣き言をほざいているけど、同じ犬に生まれても、お前は山城屋さんのところで飼われているってえのはついているねえ……」

本町一丁目の〝山城屋〟は、大店《おおだな》の薬種《やくしゅ》問屋で、腹痛によく効く〝安養丸《あんようがん》〟という薬が評判をとっていた。

おせんは犬にあれこれ語りかけて、道を急いだ。

「きゅうさん……」

と呼ばれるのに犬は慣れているのだろう。

おせんに何度も呼ばれると、警戒が解けたのかもしれない。しきりに尻尾《しっぽ》を振っている。

山城屋が店を構える大通りを避けて、おせんは〝きゅう〟を裏手へと連れて行った。

裏手には薬の原料を搬入する出入り口があり、土間に運び込まれた木箱や籠《かご》を、店の男衆が慌しく奥へと入れていた。

おせんは帳面を持って出て来た手代を捉えて、

「ちょいと、このきゅうさんは、こちらの犬じゃあないんですか？」

きゅうの背中を撫でながら問うた。

手代は、あっと口を開けて、

「左様でございます！　どこにおりましたか？」

あたふたとした。

「こちらからでしたら、荒布橋を渡って少し行ったところの路地で、くんくんと鳴いてましたよ」

「それで連れて来てくださったのですか？」

「ええ、迷子札がついておりましたので」

「それはありがとうございます。店の者が方々捜し廻っているところでございまして……」

「それはよかったですよ。はい、確かにお渡ししましたよ」

おせんは、きゅうを手代に引き渡すと、

「きれいでお利巧な犬ですねえ。あたしも一度、犬を飼ってみたいと思っているのですが、うちには手のかかる馬鹿が一人おりますので、それどころじゃあありませんでねえ……、ほほほ、それじゃああたしはこれで、ごめんくださいまし」

そんな軽口を叩いて歩き出した。

「ああ、お待ちくださいまし、今誰か呼んで参りますから……」

手代は犬を抱えて引き止めたが、

「それには及びませんよ。あたしもすぐに行かないと、うちの久が吠《ほ》えるのでね」

「うちの久？」

「ふふふ、こっちの話ですよう」

おせんは、また行こうとしたが、

「あ、あの、せめてお名前をお聞かせ願えませんか？」

きゅうが手代に懐かず暴れたので、彼は何とか犬を土間の内へと入れつつ、おせんに問うた。

「あたし？　あたしはせんと申しまして、小網町の植木屋の女房です。ああ、でも何のお気遣いもいりませんので……」

にこやかに急ぎ足で立ち去った。

――犬か。ほんに飼ってみたいもんだ。

だがそんな話をしようものなら、

「犬を飼えるご身分じゃあねえや。まあ、おれにつきが回ってきたら、何匹でも飼えば好いけどよう」

などと、剣突《けんつく》を食らわされるに違いない。

「あたし達につきなんて回ってくるのかねえ……」

久兵衛は、五年前に親方の許から独立したものの、手間取りの暮らしを脱するまでには至っていない。

どこかの大尽が自分の腕を気に入って、

「うちの庭だけを見てはくれないか」

などとなれば、植木職人になった甲斐もあるものだと、淡い夢ばかりを追っているのだ。

確かに腕は悪くないが、そこまでの才は今のところ身に備っていない。

「ああ、おれはついてねえや……」

それをつきのせいにして、日々嘆いてばかりいる久兵衛であった。

仕事への欲があるゆえの嘆きである。

——悪いことではない。

おせんはそう考えて、まだまだ先は長いのだからつきもそのうち回ってこようと励ますのだが、

「お前におれの気持ちがわかってたまるかよ……」

「わかるはずがないよ。あたしはあんたなんかと一緒になった馬鹿なんだから」

「何だと……？　手前、もう一遍言ってみやがれ！」

そこから夫婦喧嘩が始まるのだ。

久兵衛が通っている普請場は、〝山城屋〟のすぐ近くである。

「これはどうも、やどがお世話になっております……」

それでも、普請場の職人達に愛想よく振舞い、亭主が忘れた弁当を届ける姿は、な

かなかの世話女房ぶりで、世間では、

「仲のよい夫婦」

で通っているのがおもしろい。

久兵衛は、庭の端にいて仏頂面で庭石を動かしていた。

「わざわざ持ってくることあなかったんだよう……」

弁当を持って出るのを忘れたことには、とっくに気付いていたらしく、久兵衛は女房が持って来たら気恥ずかしいと思っていたようだ。

「おう、すまねえな……、とは言えないのかねえ」

「まったくついてねえや……」

久兵衛は、やはり素直になれずに、女房に虚勢ばかりを張るのであった。

二

ついていない。

つきが巡ってこない。

年の瀬に向かうほど、一年の計が不発に終りそうな言い訳を、これらの言葉ですまそうとする者が多い。

だが、人形町の〝駕籠留〟では、

「つきなんてものは、無理矢理にでもこっちへ引き寄せりゃあいいのさ」

ここの娘であるお龍とお鷹はそう言う。

つまり飽くなき精進を積む者には、きっと運やつきは巡ってくるはずだと姉妹は信じているわけだ。

これは二人の亡母・お熊の口癖であり、一介の駕籠舁きであった留五郎は、ひたすらお熊に尻を叩かれ、見事につきをたぐり寄せ、駕籠屋の主になったというわけだ。

「だから皆は男らしく、〝ついていない〟なんて泣きごと言わずに励んでおくれよ。うちのお父っさんは、そのままにはしないからね」

姉妹の激励は毎朝このように駕籠舁きに対して行われるのである。

「まったく、わかったようなことを言っているよ」

亡妻の訓示を受け継ぐ二人の娘に目を細めつつ、お熊に代わって自分の尻をも叩こうとしているのが、いささか留五郎には煩《わずら》わしい。

駕籠舁き達はというと、姉妹の口はばったい物言いが実に頬笑ましく映っているようで、

「わかったよ。龍さんと鷹さんの言う通りだ。今日もひとつ、つきを引き寄せてみるよ」

そう応えて、一日の始まりに際して、自分達を発奮させていた。

——わかっているなら、縁談を引き寄せるよう精進できねえかねえ。

そんな留五郎の悩みを知るだけに、姉妹の言葉をほのぼのとして受け止められるのかもしれない。

新三と太十は他の誰よりも素直であり、

「なるほど、運やつきてえのは手前で引き寄せてこそのものか。太十、そいつは確かだなあ」

「ああ新三、己の精進が足りねえから、〝ついてねえ〟のだな……」

いたく感じ入っていたのだが、先日の聖天の直次郎の一件については、

「もう、二人共、何をしていたのさ」

「何だかじれったいねえ。大きなつきが回ってきていたはずなのにさあ」

姉妹からあれこれ言い立てられて、困ってしまった。

直次郎が、柳原一家の元乾分達の逆恨みを受けて襲われたという噂は、すぐに留五郎と姉妹の耳に入った。

新三と太十の願い通り、直次郎は襲撃を受けるや、駕籠舁き二人を逃がした上で、駆け付けた助っ人と共に、これを蹴散らし、捕えた――、ということにしてくれた。

駆け付けた助っ人は、兄貴分の身を案じて、そろそろ帰って来る頃ではないかと迎えに出ていた弟分であるとした。

それによって、弟分達も大いに面目を施し、

「やっぱり直兄ィは、ありがてえお人だ……」

と、直次郎はますます敬愛を集めたのであった。

しかし、お龍とお鷹は、

「さすがは聖天の直次郎だ」

と、惚れ惚れしつつ、〝駕籠舁きを逃がして〟という件《くだ》りが気に入らなかった。

「助っ人が駆けつけたのだろう？　どうして、新さんと太ァさんも一緒に助っ人しなかったのさ」

「そうだよ、二人共、そこで男になって名をあげられたのにさ」

馬鹿正直に直次郎の言うことを聞くから、そういう運をも逃してしまったと、姉妹に詰《なじ》られたというわけだ。

留五郎は娘二人を、

「何言ってやがるんだ。こっちは二人を喧嘩の助っ人にやったんじゃあねえや。駕籠舁きが出しゃばって怪我でもすりゃあ商売あがったりだ」

珍しく強い口調で窘《たしな》めたものだが、思わぬところでついていなかった新三と太十であった。

「やっぱり何だなあ太十。できるだけ外で客待ちをした方が好いなあ」

新三はつくづくと言った。

予め注文を受ける客は、それなりの身上を備えた者が多いから、中にはこの前の直次郎のような侠客もいて、揉めごとに巻き込まれ易いのではないかと彼は思うのだ。

「まあ、この前みてえなことは、度々起こるまいが、おれは外で客を拾う方が性に合っているねえ」

太十はそう応えた。

もちろん、外の客待ちもまた危険がいっぱいである。

どこの誰かわからぬ客を乗せるわけであるから、ここでも揉めごとに巻き込まれることはある。

だが二人は、それなりに人を見る目がある。

一見して怪しさを覚える相手に対しては、

「相すみません。先約がございまして、今は待っているところでございます……」

などと新三がうまく断ってきた。

まだ半年ばかりの駕籠屋稼業であるが、これまでは外で拾った客に大変な目に遭わされたことがなかったゆえに、

「できるだけ朝から外へ出してもらおう」

「そうだな。龍さんと鷹さんに頼もうか」

二人の間では、そのように話はまとまり、その日はそそくさと駕籠を担いで外へと出た。

殺伐とした揉めごとは御免だが、ちょっとした騒動や、悲喜こもごもの人情に触れるのは願ってもない。

客待ちの間、方々で人を見つめていたい――。

それが新三と太十の望みであった。

とはいえ、聖天の直次郎を襲撃者から救った時の二人の武勇は生半なものではない。

いったいどこで武芸を身に付け、何故駕籠舁きにこだわって暮らすのか、思えば不思議な新三と太十であった。

三

新三と太十は、空駕籠を見せつけながら、ゆったりと通油町《とおりあぶらちょう》の通りから横山町《よこやまちょう》の通りを歩み、浅草御門の前の広場で客を待った。

その道中は駕籠を呼び止める人もなく、ここでもまるでその気配がなかった。

〝駕籠留〟で待機していれば、宿駕籠を求める客も既に来ていたかもしれない。

だが、新三と太十は留五郎から駕籠を借りて、その損料さえ払えば、辻で客を拾うことが出来た。

留五郎にしてみれば客が殺到した時に、

「あいにく駕籠は出払っておりまして……」

などと言って断りたくはない。

新三と太十には宿駕籠に徹してもらいたいところだが、

「あの二人はなかなかの男だ。方々辻を廻って客を乗せてくれたら、うちの駕籠が世間に好いように広まるというものだ」

と、留五郎は〝駕籠留〟の駕籠舁きでありながらも、新三と太十には自由に商売をさせている。

この親方には二人に対する特別な思い入れがあるようだ。

とはいえ、新三と太十にしてみれば、それだけ親方に対する義理も出来るわけで、しっかりとした稼ぎを上げなければ、申し訳が立たない。

客がないというのは困りものである。

「太十、今日はついてねえ日なのかねえ」

つい、新三の口からこんな言葉が出る。

「そうかもしれねえ……」

「つきをたぐり寄せねばならねえな」

「どうしたものかねえ……」

そんな話をしていると、

「エッサ」

「ホイサ」

と、一挺の駕籠が軽快な足取りでやって来て、二人の前で立ち止まった。

担いでいるのは権太《ごんた》と助七《すけしち》――。

馬喰町《ばくろちょう》四丁目にある〝駕籠善《ぜん》〟の駕籠舁きであった。

もしていた。

〝駕籠留〟とは以前から交誼《こうぎ》が結ばれていて、互いに駕籠が足りない時は、貸し借り
当然、駕籠舁き同士も顔見知りなのだが、権太と助七はまだ新米で、歳は二人共に
二十五。

新三と太十には、駕籠を舁いてまだ日が浅い者同士の親しみと、ちょっとした対抗
心があるらしく、町で出会うと何だかんだと話しかけてくる。

「新さんと太ァさんじゃあねえか。今日はどんな調子だい?」

やかましく言ってくるのは、権太の役割である。

横で頷くのは助七で、新三と太十の関わりとよく似ている。

「それがよう、まったくつきに逃げられたってところさ」

新三が応えると、二人は大仰に顔をしかめてみせて、

「そいつはいけねえな。だが、新さんと太ァさんのことだ、そのうち好い客がつくさ」

と、権太が調子のよいことを言う。

こんな時、大抵二人は好い仕事にありついている。

「そっちの方はどうなんだい?」

放っておけばよいのだが、新三はひとまず訊いてやる。

面倒な二人だが、弟のようにかわいいところがあるのだ。

「いや、それが大変なんだよ。これからお客を迎えに行って、根岸《ねぎし》のお大尽の寮までお連れしねえといけねえんだよ」

案の定、権太は得意げに言った。

「何が大変だよ。根岸のお大尽となりゃあ、しっかりと酒手をはずんでくれるはずだ。ついているじゃあねえか」

新三は羨《うらや》ましそうにしてみせた。

このところは顔を合せると、

「新さん、太ァさん、近頃はどうだい？」

「おれ達はまったくついてねえや」

それが口癖であったから、新三は景気付けをしてやったのだ。

権太はたちまち相好《そうごう》を崩して、

「まあ、そうだな。ついているってことだな」

「庭の紅葉を観て楽しむらしいよ」

助七もにんまりとしながら言った。

そこへ招待する客を乗せて、そのまま寮で待機して、帰りもまたその客を送るらしい。

一日仕事だが、いつも以上の駕籠賃を楽に稼げそうである。

「しっかりと稼いでくんな」

太十がやさしく送り出してやった。

「かっちけねえ。そんなら新さん、太ァさん……」

「ごめんよ！」

権太と助七は威勢よく走り去った。

新三と太十は顔を見合せて、

「わざわざおれ達に報せなくったって好いのによう」

「このところ稼ぎが悪かったから、よほど嬉しかったんだろうよ。ふふふ、そういうところがかわいいじゃあねえか」

「うん、太十の言う通りだ……」

笑い合っていると、今度は同じ〝駕籠留〟の徳太《とくた》郎《ろう》と良次《よしじ》郎《ろう》が通りかかった。

二人は共に三十半ばで、〝駕籠留〟の最古参である。

どんな道筋も詳しく頭に入っていて、人柄も温和で、新三と太十は、

「徳兄ィ、良兄ィ……」

と、一目置いて慕っている。

徳太郎と良次郎も、駕籠舁きを嬉々《きき》として務める二人が気に入っていて、何かというとためになる情報をもたらしてくれるのである。

「おう、新三、太十、どうだい？」

徳太郎が声をかけてきた。

新三と太十は、

「こりゃあ、どうも……」

と小腰を折ると、

「さっぱりですねえ……」

と、頭を掻いた。

「そっちもそうかい。おれ達もなかなかお呼びがかからねえんで、ちょいと廻ってみようかと出て来たのさ」

良次郎がのんびりとした口調で言った。

「兄ィ達にもそんなことがあるのですねえ」

太十が神妙に頷いた。

「景気が好いのは〝駕籠善〟の権太と助七だけだぜ」

徳太郎がニヤリと笑った。

「そのようですねえ。たった今、好い仕事が入ったと自慢げに言って通り過ぎて行きましたよ」

新三が伝えると、

「そうなのかい？　ついさっき〝駕籠善〟の奴らとすれ違ったら、出しゃばった真似しやがってと怒っていたよ」

良次郎が言うには〝駕籠善〟の上得意先から入った注文に、権太と助七が、

「あっしらに任せておくんなせえ！」

と、食いついたそうな。

ちょうど客からの遣いが来た時、そこには権太と助七しかおらず、客の送り先が根岸と聞いて、

「あっしはあの辺りの百姓の出でございますから、あすこなら目を瞑《つぶ》っていたって、歩けるほどで……」

調子の好い権太が親方に売り込んだらしい。

〝駕籠善〟の親方は、善兵衛《ぜんべえ》といって、留五郎と同じ年恰好で、気の好い正直者である。

この辺りで、新米の権太、助七にも大役を与えてやりたくなったのか、

「そんなら頼んだよ。くれぐれも粗相《そそう》のないようにね。あの根岸の辺は、物持ちの寮

がところどころに建っているが、皆同じような百姓家に見えるからね」

そのように注意を与えて、この仕事を任せたのだそうな。

「だがよう、〝駕籠善〟の連中が言うには、権太は確かに根岸辺りで百姓をしていたことがあったが、十年ほど前に一月ほど雇われただけだってえぜ」

徳太郎は呆れ顔をした。

「何だ。そうなんですかい。まったく調子の好い奴ですねえ」

新三と太十は失笑した。

横取り同然で根岸行きを奪われた者は、さぞかしおもしろくなかろう。

「だが、考えようによっちゃあ、龍ちゃんと鷹ちゃんが言うように、手前の力で運を引き寄せたとも言えるぜ」

徳太郎はちょっとおどけたように言った。

確かにそうだ——。

〝駕籠留〟の四人はからからと笑い合って、

「そんならおれ達は両国橋の方へと行ってみるよ」

と言う徳太郎、良次郎組と、

「あっしらはもう少しここで待ってみますよ」

と言う、新三、太十組とに分かれた。

「さて太十、おれ達も運とつきを引き寄せられるかねえ……」

「どんな時でも笑っていりゃあ、つきは巡ってくるって誰かが言ってたなあ」

「そうだったな。そんなら無理にでも笑うか」

新三と太十は満面に笑みを浮かべた。

四

さて、例の〝駕籠善〟の権太と助七――。

二人が客を迎えに行った先は、小網町一丁目の植木屋・久兵衛の家であった。

根岸の寮のお大尽というのは、本町一丁目の薬種問屋〝山城屋〟の大旦那・槌右衛《つちえ》門《もん》。あの白い犬〝きゅう〟の飼い主である。

槌右衛門は数年前から一線を退き、店の切り盛りは息子に任せて、大旦那として一年の大半を根岸の寮で暮らしていた。

寮から店へ入る時も、犬好きの彼は〝きゅう〟をいつも連れていたのだが、昨日は寮へ戻る段になって〝きゅう〟の姿が見えなくなってしまった。

どうも朝から店の裏手で遊ばせていたら、どこかの犬と遭遇し、じゃれ合っているうちに駆け出し、逸れてしまったようだ。

〝きゅう〟は聡明な犬であるから、逸れたとてそのうち自力で店に辿り着くと思われたが、すぐに見つけてくれた人がいたお蔭で、昨日は早くに愛犬を供に寮へ帰ることが出来た。

見つけてくれた人は、小網町に住むおせんという植木屋の女房だという。

「どうしてもっとしっかり訊いておかなかったんだい」

応対に出た手代は随分と叱られたらしいが、

「すぐに誰か調べて、御礼をしたいので是非根岸の寮へお越しいただけるように話をつけておいておくれ……」

槌右衛門は店の者にそう言い置いて、寮へ帰っていったのだ。

ちょうど寮は今、紅葉の盛りでこの数日は客を迎えることになっていた。

そこに来てもらいたいというのだ。

手代の話と、その時裏手にいて力仕事をしていた男衆達の話をまとめると、植木屋の女房・おせんは、快活でまるで欲のない、朗らかな女であったという。

〝きゅう〟がすっかり懐いていたというから、おせんはよほどの犬好きであろう。

彼女自身、

「あたしも一度、犬を飼ってみたいと思っているのですが……」

などと言っていたらしいから、槌右衛門はすっかりと、おせんに興がそそられたというわけだ。

根岸まで呼びつける上は、駕籠で送り迎えをするようにと、槌右衛門は命じて、慌しく根岸へ戻っていった。

さっそく店の者達は動いた。

小網町の植木屋の女房・おせん――。

ここまでわかっていればすぐに見つかるというものだ。

久兵衛という植木職人がいて、その女房がおせんだとたちまち知れて、〝山城屋〟はまず遣いに番頭を送った。

番頭はひとまず茶菓子を携え礼を言うと、

「大旦那様が是非紅葉を愛《め》でに根岸の寮へお越し願いたいと申しておりまして、よろしければ御亭主と一緒にいかがでしょうか」

と、槌右衛門の存念を伝えた。

さらに、駕籠の送迎についても言い添えると、

「そんな気の張るところに、あたしなんかが伺いますと、きっとご迷惑をおかけすることになりますから……」

礼などとんでもないことだと、おせんはこの申し出を辞退したが、

「いやいや、大旦那様は、〝きゅう〟さんをたちまち手なずけたというおせんさんに、是非お会いしたいと申されておりまして……」

番頭は引き下がらなかった。

根岸の寮の紅葉は、それはもう美しい景色らしい。

こう言われるとおせんも断れなかった。

犬好きの大旦那は、さぞかし寮でも犬を何匹、何頭も飼っているのであろう。

その犬達にも会ってみたいし、自慢の紅葉も見てみたかった。

このところは日々亭主の、

「ああ、おれはついてねえや」

を聞かされ、お針の内職を始めると、

「おれの稼ぎじゃあ心許ないってえのかい」

などと嫌味を言われる。

もちろん、黙って聞いているおせんではない。

「そんな台詞《せりふ》は、あたしの前にたとえ一枚で好いから小判を置いてからぬかしやがれ！」

勢いよく言い返しているから肚《はら》の中に溜ったものはないが、そんな暮らしに疲れもする。

紅葉を愛で、犬と戯《たわむ》れる。そして偉い人から礼を言われる。

そんな一時が目の前にあるのに、背を向けることもなかろう。

「それならあたしの方も是非、お伺いいたしとうございます」

そのように応えた。

「ありがとうございます。御亭主の久兵衛さんにもお越し願いとうございます……」

番頭はそのように言ったが、

「ああ、それには及びません……」

おせんは即座に断った。

久兵衛が行くとなれば、もう一挺駕籠がいる。

そこまでしてもらうのは気が引けるし、

「けッ、そんな物持ちの道楽に付合っていられるけえ」

なんて言われるのがよいところだ。

おまけに久兵衛は日頃から、

「おれは薬屋ってえのは大嫌いだねえ。何だかわけのわからねえ粉を集めて、そいつに理屈を付けて、高《たけ》え銭を取りやがる。おまけに、効き具合は人によって違います、なんていい加減なことをぬかしやがって……、まったく大嫌いだねえ……」

薬屋嫌いで通っている。

ふるまい酒に酔っ払って、場所柄もわきまえず、似たようなことを叫び出したら大変である。

日の暮れるまでには行って帰ってこられるなら、このところ久兵衛は、朝早くから遅くまで本石町一丁目の普請場へ出かけている。

わざわざ誘うまでもないと思ったのだ。

ところが状況は刻々と変わるものだ。

今朝になって、久兵衛が普請場には行かないと言い出した。

料理屋の庭の規模が縮小されて、思いもかけず失職してしまったのだ。

何かしくじりをしたわけでもなく、手間にも色をつけてくれたらしいから、

「ちょいとばかり、ついてなかった……」

と言えるものだが、〝小心者の馬鹿〟である亭主は思いの外に落ち込んでいた。

「おれの仕事が気に入らねえから、庭を小さくしたのかもしれねえ」

などと久兵衛はすぐに悩むのである。

そこに、おせんの根岸の寮話であった。

「何でえ、お前はこんな時に、おれの大嫌《でえきれ》えな薬屋の道楽に付合うってえのかい」

そうくるかと思いきや、おせんがもうすぐ件の事情で駕籠が迎えに来ると告げると、

「何でえ、お前はおれが行かねえと言って断ったのかい？」

自分が行けないことに怒り出した。

「何言ってんだい。仕事を抜けてまで行くはずがないと思うだろう」

「今日はなくなったんだよう」

「聞いてないよ」

自分がちょっと犬を連れて届けただけのことに、亭主がのこのこと駕籠に乗せてもらって付いてくるのはみっともないではないかとおせんは言ってやった。

「だが、先様はおれにも来てもらいてえと言ったんだろうが」

「そんな話に乗るあんたじゃあないだろ」

「そりゃあそうだが、おせん、ここは思案のしどころだぞ……」

久兵衛は、おせんの理屈に押されたが、そこで声を潜めて、

「おれは確かに薬屋嫌えだが、根岸の寮に住む旦那は好きだ」

「何だいそれは」

「お前は、〝山城屋〟の大旦那の恩人だ」

「迷子の犬を届けただけだよ」

「それでもお前に恩を覚えているから、わざわざ駕籠を寄こしてまで、お前をもてなそうとするんじゃあねえか」

「物持ちには大したことでもないんだろうよ」

「そうだ、大したことはねえ。おれに庭の植木を手入れさせることもな……」

「ははあ、そういうことかい」

おせんには久兵衛の肚が読めた。

修業を終え、手間取りになっても、仕事は親方から回してもらうものがほとんどで、独立したとは言い難い。

これは職人なら皆同じなのだが、親方になるにはその株を取得するか、よほど大きな後盾を持たないと、一生手間取りのまま終ってしまうものなのだ。

だが、こういうお大尽に取り入って、寮の植木の手入れを任せてもらうようになれば、自分の裁量で仕事が出来る。

そこからお大尽のお仲間に紹介をしてもらえたら、親方のところから職人を借り受けて、今までの恩義に報いることも夢ではない。

そうするうちに、自分も立派な植木職の親方となれよう。

女房の招待に乗じて、久兵衛はそんな夢を見ているのだ。

おせんはしかめっ面をした。

久兵衛は、自分がついて行けば、たちまち山城屋槌右衛門の心を摑めると思っているのかもしれないが、寮の紅葉を客に見せて楽しむほどの大旦那には、腕利きの植木職人が既についているはずだ。

まったく根拠のない自信ではないか。

「あんたの気持ちはわかるけど、今さら亭主も行くことになりました、なんて厚かましいことが言えるかい？」

「お前が世話になるから、その礼と挨拶に行くだけだ」

「駕籠はどうするんだよ。もう一挺呼んでくれってえのかい」

「何言ってやがんでえ。駕籠なんて窮屈で、揺れると気持ちが悪いや。お前の駕籠を守るようにして歩いていくよう」

「駕籠の横を付いて歩くだって？」

「そうだよう。それで向こうへ着いたら、思いもかけずに仕事が早くすんでしまいましたので、ご挨拶に参りました。御意を得ましたらすぐにお暇いたします……、とこうだ」

「そう言われたら、まあそんなことは言わずに、一緒にお楽しみください……、となるだろうねえ」

「そこが狙いさ。帰る時も、もう一挺駕籠を呼びましょう、なんて言われてもおれは丁重にお断りをするねえ。わたしは植木職人でございますから、どんな高い木でも、あっという間によじ登れるくらいに足腰を日頃から鍛えねばなりません……」

「ほう、それはよい心がけですねえ、なんて誉めてくれるだろうね」

「そこが狙いさ……」

「恥ずかしいから付いてこないでおくれ」

「何が恥ずかしいんだよう」

「することが見えすいているんだよう！」

「やかましいやい！　とにかく御亭主も一緒にと番頭は言ったんだろうが」

「番頭さんは、まともな亭主だと思ったからそう言ったんだ」

「じゃあおれは何なんだ？」

「変てこな亭主だよ」

「ぬかしやがったな！」

「あんたと行くなら、お腹が痛くなったからと言って、行くのを止《よ》そうかねえ」

「おい、それはねえだろう、おせん……」

遂に、久兵衛、おせんの夫婦喧嘩が始まった。

〝駕籠善〟の権太、助七が、

「ええ、お迎えに参りました、駕籠屋でございます……」

元気よく訪ねて来たのは、この時であった。

五

どんな時でも笑っていればつきは巡ってくるものだと信じ、にこやかに道行く人に駕籠を勧めていた新三と太十であったが、この日はやはり客がなかなか付かない。

次第に笑っているのも顔が疲れると思い始めた時に、

「そこにいるのは駕籠屋さんでございますかな……？」

声をかける者がやっと現れた。

「へい、ご覧の通りの……」

新三は声の主に振り返ると口を噤《つぐ》んだ。

そこに立っていたのは盲目の按摩《あんま》であった。

「へい、駕籠屋でございます」

太十がやさしく応えた。

「やはり左様で……」

按摩は歳の頃三十半ばであろうか。黒羽織を肩にのせて、供連れはいないがさっぱりとした風情である。

「お二人が話している声が聞こえてきましてねえ。これはまた頼りになりそうな駕籠屋さんだと思いました」

「そりゃあどうも……」

新三と太十の話しぶりから、この二人は駕籠屋に違いないと当りをつけたようであった。

「それで、乗せていただきたいと思いまして……」

按摩は、見えぬ目をしばたたかせながら、頼んできた。

「左様ですかい、ありがとうございます。どちらへやらせていただきましょう」

新三が問うと、

「はい、根岸の方までお願いします」

安心して乗れそうな駕籠が見つかり、ほっとしたように告げた。

新三と太十は顔を見合せて、

「へい、畏まりました。あの辺りは同じような景色が続きますので、また近付いたら詳しいところを教えてやってくださいまし」

新三が少し声を弾ませて言った。

按摩が根岸まで行くとなると、物持ちの旦那が掛り付けの医者を呼ぶがごとく、按摩を呼び付けたのに違いない。

目の不自由な按摩から酒手をもらうのは気が引けるが、見たところ暮らしにはまるで困っていない腕のよさが窺える。

――これはつきが巡ってきた。

二人はそう思ったのだ。

「昨日の夜遅くに、明日になったら駕籠を使って寮まで来るようにと、いつもの旦那に呼ばれましてね。酒手ははずみますので、ひとつよろしくお願いします」

按摩はそう言うと太十に手を引かれて、駕籠に乗り込んだ。

新三と太十が見た通りであった。

これは好い仕事になりそうだ。

権太と助七の駕籠に行き合うかもしれない。

その時には、横取りした客ではなく、自分達の人となりを見極めて乗ってくれたのが、同じように根岸の寮へ行く客なのだと、少し皮肉ってやろうか――。

「いやいや助かりました。いつもお願いしている駕籠屋さんが、どういうわけだか皆出払っているというので、まあ、この辺りまでくれば乗せてくださる駕籠屋さんもあるだろうと思いましてね……」

按摩は大いに喜んでくれた。

「声だけで、あっしらが頼りになるってえのがわかりますかい？」

新三が明るく訊ねると、

「もちろんでございますよ。わたしはいつも心の目で人を見ております。お二人のように楽しそうな声で言葉を交わしている駕籠屋さんに行き合ったのは初めてでございます。そのお声は、人がよすぎて困る……、などと日頃から言われている人のものでございますよ……」

「そうですかい？　二人共、でございますかねえ？」

「はい、お二人共に。これはまた珍しゅうございます」

按摩が言うには、駕籠舁き二人が揃って穏やかで頼もしい声の持ち主であること
は、まずないらしい。

「それゆえ、このお二人ならばとお声をかけた次第にございます……」

彼は入道頭をさすりながらはにかんでみせた。

「そんな風に言っていただけると冥利《みょうり》に尽きますさあ。太十、心してかからねえとな」

「合点だ！」

二人はそっと駕籠を担ぎ上げると、

「ヤッサ！」

「コリャサ！」

いつものように軽快な足取りで、柳原の土手沿いの道を西へとり、新《あたら》シ橋《ばし》を渡って
北へ北へと向かった。

体が冷えぬようにと両脇の垂れを下ろした駕籠の中から、

「ああ、これはまた好い乗り心地でございますねえ……」

按摩の溜息が洩《も》れ聞こえてきた。

新三と太十は、えも言われぬよい気分であった。

この、人品卑しからぬ盲《めし》いた客の目となり、きっちりと根岸まで送り届けねばなるまい。

心やさしい二人の駕籠舁きは、胸の内を熱くして、向柳原《むこうやなぎはら》の通りから新寺町《しんてらまち》の通りへと出て、上野《うえの》の御山へと走った。

根岸はこの御山の北麓《ほくろく》に広がる田園地帯で、物持ちの隠居の寮や、文人墨客《ぶんじんぼっかく》と言われる人達の庵《いおり》などが点在している。

「根を詰めて走っては疲れましょう。よいところで一服してくださいまし」

按摩はそう言うと、

「わたしも時折、外の風に当りとうございますので……」

人気のない寺の参道に止めさせて、

「ちょいとごめんください……」

新三と太十の肩を揉んでくれた。

「ああ、そんなことは止めてくだせえ。按摩さんに肩を揉まれては、駕籠代をちょうだいできませんや」

新三が恐縮すると、

「なに、これも酒手のひとつでございますよ。まあこのくらいなら、揉むというより、まじないをしているというところで……」

按摩はほのぼのとした笑みを浮かべた。

「ははは、わたしが療治するまでもございませんねえ。お二人共、よく鍛えられた体をなさっているようです」

これも二人の日頃からの心がけがよいのであろうと、按摩はまたすぐに駕籠に乗り込んだ。

「そんなら参りましょう」

新三と太十の胸はますます熱くなった。

目の不自由な暮らしの中で、按摩は数々の苦労を重ねてきたのであろう。

人へのやさしさや気遣いは、そこから生まれるのに違いない。

新三と太十は、涙ぐみつつ、それを必死で駕籠を舁くことで堪えたのである。

やがて上野の御山に聳《そび》える寛永寺の威容が目にとび込んできた。

根岸へはもうひと踏ん張りである。

だが、考えてみれば、盲人にどのようにして道を訊けばよいのだろう。

新三も太十も、駕籠舁きになる前に、何度か根岸を訪れ、自分の足で方々を巡った。

いつかこのような時がくるかもしれぬと思ったゆえだが、ある程度の土地勘があってもひっそりと建つ寮となると、すぐにはわかり辛い。

新三の心の中にそんな不安が過《よぎ》った時、

「日光《にっこう》街道に出ましたら、坂本町《さかもとちょう》の二丁目と三丁目の間の道で一度降ろしてはいただけませんか……」

と、按摩が言った。

この辺りにはかつて住んでいたことがあり、そこに立てば、

「それこそ目を瞑っていても、どこへも行けます」

この近くの路地のつき当たりを左へ入ったところに稲荷社があって、そこに手を合せてから根岸へ向かいたいと按摩は言うのだ。

新三が覗いてみると確かに、その路地の向こうに社《やしろ》が見える。

「すぐに戻って参りますので、少しの間待っていてくださいまし……」

路地は細く、ここへ駕籠を入れるわけにもいかない。

「へい、そんならごゆっくりどうぞ」

「ありがとうございます……」

按摩は杖を手に、無難な足取りで路地の奥へと向かった。

「そうか、按摩さんは前にこの辺りに住んでいたんだな」

新三はほっとした様子で、

「それなら今みてえに、どこそこへ出たら、何を目印にして道を行けば好いか、上手に教えてくれるだろうな」

太十に言った。

「ふふふ、お前は相変わらず、何かというと心配ばかりだねえ」

盲人を乗せたとて、そんなものは何とでもなるものだと太十は笑った。

「まったくだ。どうもおれは取り越し苦労が多過ぎらあ……」

新三はふっと首を竦めた。

「それより新三、根岸にはひっそりと、身を潜めるように暮らしている人も多いのだろうな」

「そうだろうな。ちょいとおもしれえところだな……」

二人は煙管を使って一服つけて、辺りを見廻すと、

「太十、江戸へ出てきたのは好いが、ここはほんに広いところだなあ」

「ああ広い。だがいくら広かったとしても、辿り着けねえところはないさ」

「ふッ、お前もすっかりと、江戸の駕籠舁きだな」

「そういう新三こそ……」

江戸の隅々まで知り尽くす――。

それが二人の心願なのであろうか。

二人はしばし煙管で煙草をくゆらせて、この町の向こうに広がる根岸の里の風雅を頭の中に描いてみた。

しかし、按摩がなかなか帰ってこない。

路地を覗いてみると、稲荷社の小さな祠《ほこら》が見えるが、按摩の姿は見えなかった。

「まさか迷っちまったんじゃあねえだろうな」

新三は按摩の身が気になり始めた。

「目を瞑っていたって歩けると言ってたじゃあないか」

太十はのんびりと応えたが、

「ちょいと見てくるよ……」

新三は相変わらずの心配性で、小走りに稲荷社へと向かったが、すぐに駆け戻って来て、

「太十！　按摩さんが消えちまったぜ！」

と叫んだ。

行き止まりと思いきや、社の向こうにも細い道が続いていて、その辺りを見廻して

も按摩は見えなかったという。

「何だって……？　まさか攫《さら》われたのでは……」

さすがに太十もうろたえた。

さっぱりとした身形《みなり》の按摩は、金貸しなどもしていたりして、富裕な者も多い。

攫って身ぐるみはぐには恰好の相手であろう。

ついていくべきであった――。

二人は駕籠を置いたまま、社の方へ駆け出した。

「按摩さん！」

叫んでみたが応えはない。

二人は顔面蒼白《そうはく》となって辺りを見廻したが、すぐにその顔は憤怒《ふんぬ》の赤と変わった。

路地を抜けたところから、寺に囲まれた通りが見渡せる。

そのはるか向こうに杖を小脇に猛烈な勢いで走り去る件の按摩の姿を見たのだ。

まさかまさかの結末に二人はぽかんとして、

「おい太十、あれはおれ達が乗せた按摩だな」

「ああ、そのようだ……」

「あの様子を見ると、目明きの、いかさま野郎だったたってことか……」

「ああ、そのようだ……」

追いかけたとて、追いつける距離ではなかった。

按摩はその上にかなりの俊足であった。

向かう先は入谷《いりや》の町屋であろう。その辺りに逃げ込まれたら、すぐに見つけることは出来ない。

「やられたぜ……」

「ああ、やられちまったなあ……」

「心の目で人を見ております……、なんてぬかしやがって……」

「その目でおれ達がお人よしだと見抜いたんだろうよ」

「どうする？」

「駕籠を放っぽり出して捜しもできまい」

「そうだなあ。太十、ついてねえな……」

「ああ、駕籠舁きになって、こんなついてねえのは初めてだ……」

「頭にくるぜ……」

「おれはそれを通り越して哀しいよ……」

走る按摩は、たちまち二人の視界から消えていた。

六

「まったく、人の親切につけ込むたあ、とんでもねえ野郎だぜ」

「そういえば新三、道中奴は肩を揉んでくれたが、まったく心地よくなかったぜ」

「初めての薩摩守《さつまのかみ》だな」

「何だいそれは？」

「平家の侍で、歌詠みの豪傑がいただろう」

「なるほど、薩摩守忠度《ただのり》（ただのり）か」

「笑いも出ねえな」

「あの薩摩守は、入谷辺りの博奕場にでも行くつもりだったんだろうな」

「ああ、それでただのりをしてやろうと考えたわけだ」

「あんなに足が速《はえ》えのによう」

客の人となりを見抜く力はあると自負していた二人も、今度ばかりはすっかりと騙《だま》されてしまった。

「太十、いつかあの野郎、見つけ出して痛《いて》え目に遭わせてやろうぜ」

「ああ、きっと借りは返してやろうぜ」

新三と太十はぶつぶつと文句を言い合いながら、根岸の御行《おぎょう》の松《まつ》に向かって駕籠を進めていた。

ひとまず近くの番所に、いかさま按摩について届け出たが、気の毒がられるだけで何の進展も望めなかった。

せっかくここまで来たのだから、根岸で客を拾いつつ人形町近くへと戻れないかと考えたのである。

御行の松とは、不動堂にある松の大樹である。

寛永寺門主・輪王寺宮《りんのうじのみや》が、この松の下で行法を修めたことから、その名が付いたと言われている。

この辺りを訪れる者は、ここで休息をしたり、景色を楽しむのがお決まりであるから、駕籠を求める者もいるであろう。

「太十、せめてこの松を愛でよう。つきが回ってくるかもしれねえからな」

生垣の前に駕籠を下ろして、二人はしばし大松の枝ぶりを楽しんだが、駕籠に乗りそうな人はいなかった。

「ちょいとうろうろしてみるか……」

新三は太十と諮《はか》って、不動堂の周辺を流してみると、

「おい！　お前は何てざまなんだよう！」

どこかで聞いたような声が、不動堂の裏手の方からした。

「あの声は……？」

「権太じゃあねえのかい？」

太十の言う通りである。

不動堂裏手の路傍で、人が言い争う声がして、そこには駕籠が止まっていた。

駕籠の傍には権太と、一組の夫婦が立ち往生している。

助七の姿を目で追うと、彼は地面に腹を押さえて踞っていた。

新三と太十は顔を見合せて、駕籠を担いで傍へ寄った。

「おう、権太じゃあねえか。何かあったのかい？」

新三が声をかけると、権太は地獄に仏を見たような顔となり、

「新さんと太ァさんじゃあねえか……！」

縋るような目を向けてきた。

その横で夫婦は、

「何でえ、知り合えかい？」

「それはちょうどよかったよ……」

ほっと一息ついた。二人は植木職人の久兵衛と、その女房・おせんであった。

新三と太十は、久兵衛とおせんに小腰を折ると、

「お前達、根岸の寮へお客を送るんじゃあなかったのかい？」

「いってえ助七は、どうしちまったんだよう？」

立っている権太と踞まっている助七を交互に見た。

「いや、それがよう、話せば長くなるんだがよう。とどのつまりが……」

しどろもどろになる権太を呆れ顔で見ながら、

「それが駕籠屋さん、ちょいと聞いておくれな……」

おせんが、これ以上もないほどのしかめっ面をして、訴えるように言った。

七

本町一丁目の薬種問屋〝山城屋〟から、大旦那・槌右衛門の寮での紅葉見物に招待されたおせんであった。

〝山城屋〟から頼まれて、おせんを迎えに行った〝駕籠善〟の権太、助七は、おせん

が亭主の久兵衛と言い争っているところにやって来た。

　おせんが二人に、

「うちの宿六が、一旦お断りしたというのに根岸へ行くと言って聞かないんですよ」

　と、状況を話すと、

「置きやがれ、おれは断っちゃあいねえや。手前が勝手な真似をしたんじゃあねえか」

　と、久兵衛が応える。

「そんなら駕籠をもう一挺呼びましょうか」

　権太がそう言うと、

「いえいえ、まさかそんな厚かましいことはできませんよ」

「だからよう。おれは駕籠について歩いて行くと言っているだろうが！」

　夫婦喧嘩が収まらない。

　すったもんだの末に、女房のおせんが折れて、亭主の久兵衛は徒歩で根岸まで行くことになった。

「まずこちらの旦那は、随分と足腰が強そうにお見受けします」

「駕籠になど乗ると、苛《いら》くらとなさるんでしょうねえ」

　権太と助七が宥めると、

「うむ、そういうことよ。駕籠屋、お前達は話のわかる男だな」

久兵衛は上機嫌となり、とりあえず一行は出立をした。

おかしなことになったと権太と助七は思ったが、自分達は言われた通り、おせんを寮へ送り届ければよいのだ。

久兵衛が付き添うとなれば、走るわけにもいかず、いささか調子が狂ったが、ゆっくりと道行くのならそれもまた楽である。

「今日はまた、好い日和でございますねえ」

などと夫婦に愛敬をふりまきながら、駕籠を舁いた。

しかし夫婦の諍《いさか》いは、その後も駕籠の内外で続いた。

「あたしはお姫様じゃあないんだからさあ。駕籠の外に爺ィやが歩いているなんて、恥ずかしくて仕方がないよ」

「誰が爺ィやでえ」

「そんならあんたは婆ァやかい。ははは、その口うるささは婆ァやかもしれないねえ」

「うるせえのはお前だ。みっともねえから垂れを下ろしやがれ」

などという具合である。

権太と助七は何度もそのやり取りに吹き出しそうになりつつ、とにかく根岸への道を調子よく進んだ。

ところが寛永寺を間近にした辺りから雲行が怪しくなってきた。権太の進み方が、どうもあやふやなのである。

「おいおい、ちょいと行き過ぎたんじゃあねえのかい」

久兵衛が怪訝な顔で問うた。

彼も植木職人として、何度か根岸へ手伝いで来たことがある。詳しくはないが、何となく方向はわかっている。

明らかに日光街道を北へ行き過ぎていた。

「え？　左様でございますか？」

「左様でございますかじゃあねえよ。根岸といやあ西蔵院《さいぞういん》だ。もっと手前の道を西へ曲るんじゃあなかったかい？」

「でしたっけねえ……」

「頼りねえ先棒だなあ。とにかくこのまま真《ま》っ直《つ》ぐに行くと東照権現様《とうしようごんげんさま》に着いちまうぞ」

そんなことになり、権太がおかしな方へ行って、それを久兵衛が質《ただ》すという珍道中が続いた。

やっとのことで不動堂の御行の松が見えてきて、一同はほっと胸を撫でおろし、権

太と助七が、

「どうも相すみません」

「この辺りには慣れておりませんで……」

と謝まり、

「〝山城屋〟さんの番頭さんは、慣れている人を迎えにやると、言ってなさいましたがねえ」

おせんがうんざりする。

「これはちょっとした手違いでございまして……」

「いや、旦那さんのお蔭で助かりましてございます」

権太が言い訳をして、助七が久兵衛を持ち上げる。

これに気をよくした久兵衛が、

「やい、おせん。おれが付いて来てよかっただろうが。ふん、お前一人なら今頃どけえ行っていただろうなあ」

勝ち誇ったようにおせんを見る。

「惜しいことをしたよ。あんたから遠く離れられるところだったのにねえ」

おせんは見事に言い返す。

色々とあったが、ここまでくればもう〝山城屋〟の寮に着いたも同じだ。

一同に安堵《あんど》が浮かんだものだが、そこから寮が見つからない。

「おい駕籠屋、今度は何の手違《てちが》えだ？」

久兵衛の苛立《いらだ》ちは募るばかりであった。

「いや、確かにこの松の傍にあると聞いて参りやしたが……」

権太はやはり頼りない。

そもそも強引に、横取りするように摑んだ仕事であった。

行けば何とかなるなどという、いい加減な想いでやって来たのは否《いな》めない。

そして新米の駕籠舁きは、こういう時の対処も実に心もとないのだ。

町中ならば、方々で訊ねるところもあるが、このようなひっそりとした田園地帯ともなれば、誰に訊ねていいのかもわからなくなってくる。

そもそもお忍びで来るような別邸、庵が人によく知られているはずもなかった。

御行の松を目当てにやって来て、その周囲に寮がないとなればどうしようもない。

滑稽《こっけい》な彷徨《ほうこう》が続くうちに、今度は助七が腹痛を起こした。

気弱な助七にとってこの彷徨は、かなりの緊張を強いられたのであろう。

そこから下痢を誘発したと思われる。

「ちょいとすみません……」

繁みや草むらへ駆け込んで用を足すうちに、足腰に力が入らなくなり、遂に座り込んでしまったのであった。

八

おせんは、新三と太十にここまでのあらましを吐き出すように語ると、

「まったくついてないよ……」

大きく息をついた。

「あんたが付いてくるって言い始めた時から、胸騒ぎがしたんだよ」

「おれのせいにするんじゃあねえや」

ここでもすぐに喧嘩が始まったが、新三が間に入って、

「あっしらも今日はとことんついてねえ一日でございましたが、後で考えてみれば、ここで出会ったのは幸いだったと思いとうございますよ」

と言った。

「ああ、そうだな。そうあってもらいてえや」

久兵衛がしかつめらしく頷いた。

「だけどさあ、こっちの駕籠屋さんは頼りになりそうだけど、御行の松の傍に寮がないとなればどうしようもないよ」

おせんは、また溜息をついた。

太十が目許に頰笑みを浮かべて、

「落ち着いて考えれば、どうってこたありませんよ。寮はどこへも逃げて行きませんからねえ」

労るように言うと、権太に向き直って、

「確かに御行の松と聞いたのかい？」

と、訊ねた。

「ああ、詳しく言うと、御加行《ごけぎょう》の松と言いなすったんだがな」

「御加行の松、か」

「同じことだろ」

「ああそうだ、御加行というのは、宮様が百日の間、修法をなさることだ。その時に、いつもこの松の下でお休みになられたから、〝御加行の松〟と言う人もいるようだな」

「さすがは太ァさん。よく知っているじゃあねえか」

権太は太十を誉めつつ、

「だから、この松の木の近くってことだろ。根岸で松っていやあここだからな」

少し口を尖《とが》らせた。

「まあ、誰でもそう思うだろうが、わざわざ親方が〝御加行の松〟なんて言うかねえ、端から〝御行《おぎよう》の松〟と言えばいいじゃあねえか」

「え？」

権太は首を傾げた。言われてみれば確かにそうだ。

「ひょっとしてそいつは、〝ほけきょの松〟のことじゃあねえのか？」

新三が言った。

「〝ほけきょの松〟……」

「ああ、根岸の松は〝御行の松〟だけじゃあねえんだよ。ここから根岸へ向かうと、もうひとつ大きな松が立っていて、どういうわけか、その木によく鶯《うぐいす》が止まるので〝ほけきょの松〟……、なんて言って目印にする駕籠屋が多いって聞いたことがあるぜ」

一同は、一斉に権太を見た。

久兵衛はいたく感じ入って、

「なるほどなあ。駕籠屋にもそれぞれ符丁みてえなものがあるんだろうなあ。お前らはそれを知らずに、松というから御行の松だと思い込んだってわけだな。大した野郎を迎えに寄こしたもんだぜ。ここへ来るまで、どれだけ道に迷いやがった！」

そして怒り出した。

「だがねえ、その親方もとんだ言葉足らずだねえ。法は人を見て説けって言うじゃあないか」

おせんは、やれやれという顔をした。

権太は頭を掻きながら、

「すみません、とにかく、その、〝ほけきょの松〟へ行ってみましょうか……。すまねえが、新さん、太アさん、知っていたら教えてくんな」

消え入るような声で言った。

「そこならすぐにわかると思うが、お前の相棒は使いものにならねえじゃねえか」

「いや、だからその、うちのお客さんを……」

「こいつはおれの女房でおせんてえんだ」

久兵衛が告げた。

「そいつはどうも。そんならおれと太十でおかみさんをお送りすりゃあ好いんだな」

「頼むよ……。この駕籠賃はおれが払うからよう」

権太は拝むように新三と太十を見た。

「それがいいや、おせん、そうさせてもらいな。この二人の方が頼りになりそうだ」

「そんならそうさせてもらいましょうか。ぐずぐずしていると日が暮れちまうよう」

おせんは珍しく久兵衛の言うことに従った。

「だが、山城屋さんは、〝駕籠善〟に頼みなすったんだ。ここまで来たんだから、権さん、お前が行かねえと、話にならねえぜ」

〝山城屋〟は〝駕籠善〟へ、既に駕籠賃は払ってあるが、寮で大旦那がくれるはずの酒手はふいになる。

というか、助けを呼んだのは好いが、迷いながらも客をきっちりと届けなければ、権太、助七の男が立つまい。

新三と太十がそれを伝えると、また久兵衛が感心して、

「そうだ、ここで引き上げたら、男が立たねえや」

と、大きく頷いた。

「その通りでございます。まったく面目ねえことでございますが、あっしがお供させ

ていただきますので、助七、お前ここで駕籠の番をしていろい」

助七は腹を押さえて、

「わかったよ……。ご一同様におかれましては、何とお詫びを申し上げてよいことやら……」

涙ながらに暇を告げた。

「どうもしまらねえなあ……」

新三は、腹痛を起こして泣く奴があるかと思いつつ、責めを一身に負う助七が哀れになった。

とはいえ、ひとまず助七を置いていくしかない。

「まずひとっ走りしてくるから、ちょっとの間待っていな。なに、ついていなかっただけさ……」

太十も慰めつつ、おせんを駕籠に乗せると、新三と頷き合ったが、

「いや、ここには置いていけねえ……」

久兵衛が低い声で言った。

「じゃあ、どうするんだよう。あんたもここで一緒に待ってあげるかい?」

おせんは、またくだらないことを言い出したと、眉間《みけん》に皺《しわ》を寄せたが、久兵衛は胸

を張って、

「助七っていったなあ。助さんと呼ばせてもらうぜ。袖振り合うも何とかだ。駕籠に乗りな。おれが担いでやらあ！」

と、雄叫《おたけ》びをあげた。

今度は一同、一斉に久兵衛を見た。

「えらい！」

おせんが駕籠の中で声をあげた。

「あんた、見直したよ！」

久兵衛は、ふふんと笑って、

「男は生涯に何度か勝負をする時があるんだよう」

体を反り返らせた。

「その勝負がこれかい……」

やっぱり馬鹿だとおせんは呆れたが、それでもこの馬鹿さ加減は心地よかった。

「あんた、しっかりとね！」

「任せておけ！」

「いや、旦那、それはいけません……」

助七はか細い声でそれに応えた。

「お客さんに駕籠を舁かせて、それに駕籠舁きが乗せてもらうなんて聞いたことがありませんや」

権太も続けた。

「いいってことよ。おれも若《わけ》え頃は、大きな庭石をもっこに載せて二人で担いで歩いたもんだ。駕籠は上手に舁けねえが、その〝ほけきょの松〟はそれほど遠くはねえんだろう」

新三は頷いて、

「へえ、それほど遠くでもありませんが、慣れねえと駕籠を舁くのはなかなか大変ですぜ」

にこやかに久兵衛を見た。

「わかっているさ。気が萎《な》えるようなことを言うんじゃあねえよう」

久兵衛は恰好をつけて、尻からげをすると、羽織をおせんに預けた。

「へへへ、こいつは余計なことを言いました。そんなら太十、行くぜ」

新三は太十を促した。

「合点だ！　権さん、付いておいでな！」

太十は権太を促して、新三と二人で駕籠を担いでゆっくりと道を進んだ。

「ヤッサ」

「コリャサ」

の掛け声は耳に心地がよい。

「そんなら旦那、申し訳ございません……」

権太は助七を駕籠に乗せると、久兵衛を促した。

久兵衛は舁き棒を肩にのせて、

「いいからいくぜ相棒、こっちの掛け声は〝エッサ〟〝ホイサ〟だったな」

「へい！　参りやしょう！　エッサ……」

「ホイサ……」

久兵衛はなかなか見事に駕籠の後棒を務め、〝ほけきょの松〟目指して歩みを進めたのである。

九

「本当にすみません……」

助七は、久兵衛の息が荒れる度に、駕籠の中から詫びた。

「助七さん、気にしなくていいですよう。この人はこれでなかなかたくましいんですからねえ」

助七が詫びると、おせんが声をかける。

「男が一旦担ぐと言ったんだ。遠慮するんじゃあねえや」

久兵衛は、女房の手前痩《や》せがまんをする。

新三と太十は、おせんを乗せて、軽快に〝五の松〟へ進んだが、後棒の太十が権太、久兵衛に気を遣い、時として調子を落してみたり、歩いてみたりした。

ついてない者達が寄り集って、長閑な根岸の里を行く。

何とかして、今日一日の帳尻を合わしてやろう——。

駕籠舁き二組と夫婦一組は、その願いでいつしか連帯を覚えていた。

昼までに着くはずが、これでは昼下がりになってしまうだろうが、とにかく行かねばならないのだ。

「駕籠は重いが、こうやって広いところを走り抜けるってえのも乙なもんだな」

久兵衛は疲れを会話で忘れようと、よく喋った。

「いやあ、あっしは旦那みてえに、身に付いた技を揮う……、そんな生業に就いてみたかったですよう」

　権太が応える。

「何言ってやがんでえ、こうして上手に駕籠を舁いて、うるせえ客を宥めながら、言われたところへ届ける。これも立派な技じゃあねえか」

「ありがとうございます。旦那も植木職人になるには随分とご苦労がおありだったんでしょうねえ」

「そりゃあ、何様の倅でもねえ者には、皆それなりの苦労はあらあな」

「聞かせてもらいてえですねえ」

「苦労を語るのは野暮だよ！」

　久兵衛はそう言いながらも、

「おれのおやじはしがねえ棒手振《ぼてふ》りでなあ……」

「何だい、喋るんじゃあないか！」

　前の駕籠からおせんが叫んだ。

「おせん！　お前は地獄耳だなあ！」

「旦那、どうぞ、聞かせてやっておくんなせえ」

「ちょいと一休みしますかい？」

それを聞いて太十が気を遣ったが、

「足を止めてまでするような話じゃあねえよう！」

「そんなら、ちょいと歩きましょうか」

新三が早歩きにした。

「きゅう、お前は棒手振りなんかになるんじゃあねえぞ……、おやじはそう言って、近くに住む植木屋の親方のところへ、おれを弟子入りさせたんだ……」

親方は好い人だったが、植木職人の見習いは多くが父の代からの植木職で、

「親の跡を継げる奴らが、おれは羨ましかったねえ」

久兵衛はつくづくと思ったと言う。

親方は、

「きゅう、お前には見込みがあるぞ」

と言ってくれた。

「人を誉めねえ親方だったから、おれは嬉しかったよ。だがそうなると、兄弟子はおもしろくねえ。植木職人の倅でもねえおれが世の中に出て行きゃあ、その分手前達の食い代が減っちまう……、なんてことを考えるけちな野郎も出てくるわけだ……」

一言教えてくれたらよいものを、黙って失敗するのを待って、

「お前はそんなこともできねえのか。のきやがれ」

などと、久兵衛がいかにも無能であるような物言いを高らかにする者がいた。

「なるほどねえ……、どこにでもそんな野郎はいるんですねえ……」

権太は神妙に頷いた。

新三と太十も頬笑んだ。

すれ違いに声をかけ合うだけで、あまり喋ったこともなかった権太であったが、人の仕事をちゃっかりせしめる調子のよさはあるものの、思いの外情に厚いところがあるようだ。

「それじゃあ、旦那のことだ。頭にくる野郎にひとつくらわせてやりましたかい」

権太が問う。

「ああ、よく喧嘩もしたよ。もうやめてやろうと思ったことも何度かあったなあ」

「どうして辛抱できたんです？」

「へへへ、言いかわした女がいたからよ。そいつの親父も貧乏な棒手振りでなあ。お前は何があっても棒手振りなんぞと一緒になるんじゃあねえぞ……、なんて言われて育ったのさ」

「そんなら旦那も、もう棒手振りはできませんねえ」

「そういうことだ」

「その言いかわした女《ひと》ってえのが……」

「あたしじゃあないよ！」

前の駕籠から声がした。

おせんの物言いはどこか楽しそうであった。

「ああ、お前がそうなら、もうちょっと旦那にやさしい声をかけるだろうよ」

すかさず久兵衛も返したが、彼の物言いもまた楽しそうであった。

冬空の下に、ほのぼのとした暖かい風が吹き抜けた心地がした。

それに元気を得たのであろうか、権太と久兵衛が担いでいる駕籠の中から、

「あの〜、ちょいとよろしゅうございますか……？」

控え目な助七の声がした。

「何でえ助七」

権太が応えた。

「いや、こうして駕籠に乗せてもらっているうちに、腹の痛みが収まってきたんだよ」

「そりゃあよかったな」

「空駕籠くれえなら担げそうだから、旦那と代わるよ」

「そうかい、そいつはよかったぜ」

「うだうだ言わねえで、そのまま乗ってりゃあいいぜ」

しかし久兵衛はそれを許さなかった。

「いや、しかし旦那……」

「しかしもへちまもあるかい。おれが舁くってえんだからお前はじっとしてろい」

「そんなら旦那、とにかく降ろしていただいて、この先は歩いて参りやす」

助七はそのように願ったが、久兵衛は既に駕籠を舁きるのだという情熱に我を忘れていて、

「うるせえ馬鹿野郎！　こんなところで手前を降ろしたら、おれが根をあげたみてえじゃあねえか」

「いや、まさかそんなことは誰も思わねえと……」

「だから黙って乗っていやがれ！　このでこ助が。お前がさっき起こした腹痛《はらいた》は何だったんでえ！」

「そいつはその……」

「そんなにすぐによくなるなら、初めから腹痛なんて起こすんじゃあねえや！」

「へ、へい、申し訳ありやせん……」

「黙って乗っていりゃあいいんですよう。植木屋久兵衛は、一旦こうと決めたら、やり遂げないと気がすまない馬鹿ですからねえ」

「おせん！　馬鹿は余計だ！」

「お前さんも意地張ってないで、好いところで昇き手を代わりなよ」

「やかましいやい！　新さん！　寮はもうすぐかい」

「へい！　恐らくあの松の向こうに見えているのが、お目当ての寮だと思います」

新三が吹き出しそうになるのを堪えて、大声で応えた。

「よし！　そうかい！　おう相棒！　もうひと踏ん張りだ。しっかり行くぜ！」

久兵衛は俄然《がぜん》張り切り出して、権太を後から押すようにして駆け出した。

「だ、旦那……。この野郎を乗せて先に入るのはおかしいですぜ……」

権太はしどろもどろになったが、

「馬鹿野郎！　こういうのは勢いがねえと気合が入らねえんだよう！　掛け声はどうした？」

「へい……！　エッサ！」

「ホイサ！」

権太、久兵衛が舁く駕籠は、勢い余って新三、太十の駕籠を追い越して、新三が目星をつけた藁《わら》屋根の趣のある家屋へと、一目散に駆けて行った。

「あの馬鹿……。招かれているのは、あたしなんだよ……」

新三と太十は、呆れ返るおせんを乗せて跡を追う。

近付くにつれて、紅葉がうっとりするほどに美しい庭園が目にとび込んできた。

新三と太十は、いかさま按摩に騙されたが、根岸へ来てあの紅葉を見られただけでもよしとしようと、心の内で割り切っていた。

「エッサ！」

「ホイサ！」

権太、久兵衛の駕籠は、強烈な勢いで、風雅に充ちた寮の網代戸《あじろど》の門に突入した。

門は開け放たれていた。

「だ、旦那！　危《あぶの》うございますよ……！」

門の内には遊客がいる。

権太が慌てて止まると、その反動で駕籠から助七が転がり落ち、たたらを踏んだ久兵衛が駕籠の前に転がり出た。

「何ですかこれは……！」

中から〝山城屋〟の者が走り出て来て、

「〝駕籠善〟の人かい？　いったい何をしていたんですよう！」

地面に尻もちをついた久兵衛に文句を言った。

十

かくして、おせんはやっとのことで〝山城屋〟の大旦那、槌右衛門の招きに応じて、紅葉の中に埋れた。

「ははは、それはお気の毒でございましたねえ……」

槌右衛門は遅参の理由についておせんから聞いて大いに笑った。

おせんは余計なことは言わず、迎えの駕籠に乗ったら、亭主が挨拶だけをしておきたいと付いてきた。すると道中、駕籠舁きの助七が俄《にわか》に腹痛を起こし、ちょうど通りかかった、〝駕籠留〟の新三、太十に助けられてここまで来たものの、随分と到着が遅れてしまった――。

それだけを伝えたのだ。

槌右衛門は、〝駕籠善〟の人選を責めず、

「まあ、そういうこともあるでしょう。おせんさんには大変な想いをさせてしまいました。御亭主の久兵衛さんには、駕籠まで担がせてしまったとは、真《まこと》に畏れ入ります」

久兵衛、おせん夫婦には深く詫びた。

その上で、腹具合が回復してきた助七に、〝山城屋〟の妙薬〝安養丸〟を処方して、ひとまず寮の一室に入れ休息させた。

新三と太十には、

「お蔭でまだ日のあるうちに、おせんさんにお越しいただくことができました」

丁重に礼を言うと、

「帰りのおせんさんの送りもお願いしとうございます」

往復の分だと過分な駕籠賃と酒手を手渡したのである。

しかも、庭での紅葉見物への参加を勧め、おせんを待つ間は、用意した酒肴《しゅこう》を存分に取ってくれたらよいと気遣った。

新三と太十は、帰りのこともあるので、酒は飲まずに上方風《かみがたふう》の押鮨《おしずし》やそばがき、天ぷらだけを平らげて、槌右衛門を大いに安堵させたのである。

そして槌右衛門は、おせんと久兵衛を案内して庭の紅葉を見せつつ、自慢の愛犬を披露した。

その中にはもちろん、〝きゅう〟もいた。

〝きゅう〟というのは、槌右衛門が飼った九匹目の犬ということで付けられた名だそうな。きゅうの他にも、いち、しち、はちがいた。

しちは唐犬《とうけん》ではちは狆《ちん》であった。

「ご亭主が久兵衛さんというのも、何かの縁でございますねえ」

槌右衛門はしみじみと言うと、

「改めまして、うちのきゅうを連れてきてくださいましてありがとうございました」

おせんが恐縮するほどに謝意を示した。

普通なら、犬がくんくん鳴いていようと、野良犬にかかずらっていても仕方がないと放っておくだろうが、わざわざ構ってくれたとは、おせんの人柄が出ていると槌右衛門は称えた。

「いえ、誰だってこんなきれいな犬に出会えば放っておけませんよう」

おせんは、思わぬ紅葉の下でのきゅうとの再会に大喜びして、きゅうの白い体を撫でまわした。

きゅうは大喜びで、尻尾を振って鼻をくんくんとさせた。

「いやいや、きゅうがこれほどまでに懐く人に初めてお会いしましたよ」

槌右衛門は感心した。

柴犬《しばいぬ》のきゅうは、槌右衛門以外の人にはなかなか心を開かず、おせんについて〝山城屋〟へ大人しく戻ってきたのが信じ難かったのだが、今もおせんにはべったりと寄り添っている。

どうやら槌右衛門はそれを確かめたかったようである。

おせんは、きゅうがここでどんな暮らしを送っているのかに興がそそられて、あれこれと槌右衛門に訊ねて談笑し、きゅうと戯れた。

さて、久兵衛はというと、今日の招待客達から、

「病に倒れた駕籠舁きを駕籠に乗せ、自分で担いだ人」

と、知れ渡り、

「何て俠気に溢れた人だ」

一躍その場で人気者になったが、分限者《ぶげんしゃ》の集いであるこの場にいて、植木職の仕事に繫がる話は出来なかった。

おせんが見かねて、時折久兵衛の仕事に繫がりそうな話をふってみたが、

「おせん、こんなところで野暮な話はやめねえか」

そうなると恰好をつけて、庭木の枝ぶりのことなどを、

「結構でございますねえ」

と、感心してみせるばかりである。

――何しに駕籠まで担いで付いて来たんだよ。

おせんは呆れ返る想いであったが、あれこれ企《たく》みごとをしつつ、とどのつまりは何も言えなくなる亭主が愛おしくもある。

話すうちに、やはり槌右衛門には以前からお抱えの植木職人がいると窺い知れて、

「あっしにも是非お手伝いを……」

とは言えぬままに時がたった。

――あたしはもう知らないからね。

おせんは、思うようにすればよいと久兵衛を突き放して、一時、寮のきゅう、犬と戯れたのである。

――何でえ、おせんの奴、おれを放ったらかしにして犬と遊びやがって。

久兵衛はそんな拗《す》ねた想いに捉われもしたが、女房の無邪気な様子を見ると、犬一匹飼ってやれずにいた自分が少しばかり情けなかった。

すると槌右衛門が不意に、

「おせんさんは、犬を飼いたいそうで……」

と、問うてきた。

「え、ええ、そうなんです……」

犬を飼うのが望みであったが、実現はなかなかに難しい。余計なことをあの時手代に口走ってしまったかと思っていると、

「実は、きゅうに娶《めあ》わせた雌犬《めすいぬ》が子を四匹生みましてな。その一匹をおせんさんにももらっていただきたいのですがねえ」

槌右衛門は満面に笑みを浮かべて言った。

「あたしにですか？」

おせんは目を丸くした。

「久兵衛さん、どうですかねえ……」

槌右衛門に言われると、久兵衛は断りも出来ずに、

「こちらのきゅうさんの子供なら、きっと好い犬に違《ちげ》えねえ。おせん、お前の好きなようにすれば好いぜ」

ここでもまた恰好をつけた。

――何を言ってやがるんだこの馬鹿。

おせんはそう思いながらも、犬を飼うのは夢であっただけに、ここで断ってしまえばもう一生犬を飼えないとばかりに、

「きゅうさんの子供なら願ってもありません」

と、言い切った。

それと同時に、四匹の子犬が連れてこられた。

そこにいる者が皆、やさしい目になるほどに、四匹の子犬は愛らしかった。

「どれでもお好きな子をどうぞ」

槌右衛門はおせんに勧めた。

おせんはその中でも、一番小さくて人形のように愛らしい雌を選んで、

「この犬をちょうだいします。〝こなつ〟と名付けます。前から雌ならその名にしようと思っておりました。よろしいでしょうか？」

と言って抱きしめた。

「こ、こなつ……、ははは、よろしいですねえ」

槌右衛門はそう応えると、

「ひとつお願いがございます」

「何でしょう？」

「こうして親兄弟から引き離すのは、どうも後生が悪うございますが、皆手許に置いていれば、犬だらけになってしまいます。それゆえ、好きな人に飼っていただくのが何よりだと思っているのですが、きゅうもわたしも時にはこなつに会いたい。一月に一度、こなつを連れてご亭主と一緒にここまでご足労願えませんか」

「あっしも一緒に、ですかい？」

久兵衛は小首を傾げた。

「お願いいたします。また迎えをやらせますので」

「いやあ、あっしは歩いて参りますが……」

「久兵衛さんにはその折、色々とお骨折りをいただくことになるかもしれませんが、どうぞよしなに」

槌右衛門は、どこまでも温厚でやさしい老人であった。

やさしい人であるからこそ、子犬を慈しんでくれる人を自分の目で確かめたかったのに違いない。

そして、おせんはそのお眼鏡にかなったというわけだ。

久兵衛とおせんはそれを快諾して、しばし紅葉狩りを楽しむと、やがて寮を後にした。

その際、槌右衛門は小さな編籠の中に布団を敷きつめ、それにこなつを犬の玩具《おもちゃ》と共に入れておせんに託した。

「籠の中には、犬を飼うのに役立つ物を少しだけ入れておきました。今年中に一度こなつを連れて来ていただけたら嬉しゅうございます」

別れに際して槌右衛門はそう言った。

いっそ寮に泊まってもらえたらとも言ったのだが、久兵衛もおせんもそれを遠慮して、丁重に断っていた。

おせんとこなつは、新三と太十の駕籠に乗り込んだ。

久兵衛にも駕籠を新たに用意すると槌右衛門は言ってくれたのだが、久兵衛は頑なに、

「わたしは勝手について参りやしたので、それには及びませんや。〝駕籠善〟の二人に、乗せてもらって、時には一緒に歩いたりして、ああだこうだと話しながら帰る方がありがてえのです」

と言って断った。

助七は寮に着いてからは、ずっと台所の奥の一室を与えられ休息していたのだが、〝山城屋〟の妙薬、〝安養丸〟を飲んで、嘘《うそ》のように元気になった。

帰りは権太と駕籠を担いで帰るつもりで、二人は久兵衛に、

「帰りはあっしらがきっとお乗せいたします」

と、言っていたのだ。

槌右衛門はそれを聞いて、

「うちの〝安養丸〟を飲んで治ったというのは嬉しいねえ。方々でよく利く薬だと触れて回ってくださいな。帰りは久兵衛さんをよろしく頼みますよ」

大いに喜んで、権太と助七に酒手をしっかりと渡したのである。

かくして――。

不思議な縁で出会った二組の駕籠舁き、一組の夫婦と小犬は、夕暮れの根岸を出て帰路についた。

十一

「いやあ、つきが巡ってきたと思ったら、そいつを手前のしくじりで逃がしちまって……。でもまたこうして幸せにありつけたとは、これも本当に、いずれも様のお蔭でございます……」

寮を出て少し進んだところで、権太は泣きそうになりながら頭を下げた。

「いやいや、お前達がだらしなかったお蔭で、おれ達にもつきが出たってもんだよ」

新三が笑顔で言った。

「実はおれ達も、ここへ来るまでに薩摩守をやられちまってなあ……」

太十が続けた。

「薩摩守？　ただのりかい？」

久兵衛が、ふふんと笑って、

「おう、駕籠から降ろしてくれ。その話を詳しく聞こうじゃあねえか」

ここで駕籠を降りて、新三と太十の駕籠と並び歩きながら話を聞いた。

「そいつはまた、とんでもねえ野郎だなあ」

久兵衛は一通り按摩の悪事を知ると、我がことのように怒り出した。

「人の親切を逆手にとる野郎は許せねえぜ」

こういうところは実に人が好いのだ。

権太と助七も神妙な面持ちで、自分達も按摩に気をつけようと頷き合った。

「でもまあ、そういうことを乗り越えて、今日は皆笑って終れてよかったですよ」

おせんが、こなつの入った小さな籠を抱きながら爽《さわ》やかに言った。

「ぐずぐずなんか言ってねえや。この中ではおれが今ひとつ、つきがなかったって言
「今になってぐずぐず言うんじゃあないよ」

「まあ、そりゃあそうだけどよ……」

「あんたが、お前の好きなようにすれば好いと言ったんだろ」

「子犬一匹、飼うはめになっちまった……」

「あんたが恰好つけるからだろ」

「とりたてて、植木職人としてうまい話にもありつけずに……」

「あんたが担ぐって言ったんだろ」

は駕籠を担がされて……」

「まあ、確かに紅葉狩りは乙なもんだった。酒も料理もうまかった。だがよう、おれ
面を向けた。

幸せな気分に水を差すんじゃないと、おせんは駕籠の横を歩く久兵衛に、しかめっ
「勝手についてきて、何の文句があるんだよ」

情を通わせてはまた言い合いをするのが、この夫婦のあり方なのであろう。

久兵衛がまた、おせんにつっかかるように言った。

「まあ、おれは今ひとつ笑えねえがな」

っているんだよ」

「ああ、子供みたいだねえ」

「何だと！」

「でかい声出すんじゃあないよ。こなつが恐がるだろ！」

「お前の声の方がでけえや……」

「ちょいと駕籠を止めさせていただきますよ」

ここで新三が口を挟んで、太十に合図をすると道端に駕籠を止めた。

「あっしが思うには、旦那とおせんさんには、随分と土産《みやげ》がついていたような……。そんな気がいたしますよ」

「土産？」

久兵衛は怪訝な顔をした。

おせんも、ぽかんとした顔をした。

「聞くとはなしに聞いておりやすと、〝山城屋〟の大旦那は、久兵衛の旦那に毎月のように寮へ来てもらいたいと言っておいでであったはず……」

「ああ、女房と犬の供をしてな」

「その折には、色々とお骨折りをいただくことになるかもしれない……、そうも言われておりました」

「ああ、そうだったかな……」

「あっしには、寮へ来る度に庭木の手入れをしてもらいたい、その想いが込められていたような気がいたしますがねえ」

「え……？」

目を丸くする久兵衛に、

「お前さん、きっとそうだよ。他にお客もいる手前、そんな話はおおっぴらにできなかったのさ」

おせんが思い入れたっぷりに言った。

「お前……、そう思ったかい……？」

「今思えばそうだったんじゃあないかと……。そうでなきゃあ、毎月お前さんを呼んだりしないよ」

久兵衛は思い入れをして、

「ははは、皆、おもしれえことを言うねえ。うん、まあ、そういうこともあるかもしれねえなあ、おれは面倒だから、寮の庭木の手入れなんぞはごめんだがな……」

嬉しさを抑えつつ、この期《ご》に及んでもまた恰好をつけたのである。

「それから、おかみさん……」

新三はさらに続けた。

「大旦那は、籠の中には、犬を飼うのに役立つ物を少しだけ入れておきましたと言いなすったが、何が入っておりました？」

「何が？　それは……、子犬の玩具のこれでしょう？」

おせんは、縄を龍《りゅう》の形に編んだ、子犬が嚙みつくための玩具を掲げてみせた。

「いや、それだけじゃあねえでしょう。籠の中に何か忍ばせてあると思いますがねえ。なあ太十……」

「へへへ、あの大旦那のことだ。子犬を人にあげるのに持参金のひとつも付けているはずだと思っておりやしたが……」

太十は、にこにこして応えた。

「え……？」

おせんは左手にこなつを抱き、右手で籠の中身を探った。

「あった……！」

おせんは布団の下に忍ばせてあった金子を取り出して、布団の上に並べてみた。

五両はある――。

「おせん……」

「お前さん……」

二人は顔を見合わせ、駕籠の四人に、

「おう皆、祝儀だ。取っておいてくんな」

「これはきっと皆で分けろってことですよ」

声を上ずらせたが、

「とんでもねえ……。あっしら駕籠舁きは、もうたっぷりと酒手をちょうだいしておりますよ……」

「今日は皆につきが巡ってきたってことで……」

新三と太十の言葉に、権太と助七は大きな相槌を打った。

「ありがてえや……」

久兵衛は涙ぐむと、

「おせん、お前みてえな好い女房を持てたことが何よりもついていたってことだな」

おせんが抱くこなつの頭をそっと撫でた。

「お前さん……」

おせんはもう久兵衛に突っかからなかった。

六人は、誰が言うでもなく、皆で一斉に根岸の方へと手を合わせた。

そして、それぞれが幸せを嚙み締めて、夫婦が住む小網町へと向かったのである。

新シ橋を渡った時には、もうすっかりと日も暮れていて、吹き抜ける風も冷たかったが、誰の表情も明るく、心の内は温かかった。

すると、一行の前に一挺の駕籠が近付いてきた。

駕籠を舁いているのは〝駕籠留〟の徳太郎と良次郎である。

「おや、徳兄ィと良兄ィだな」

新三はそれを認めて頰笑んだ。

客を乗せていて威勢が好い、この二人も上客を拾えたのであろう。

しかし、新三の顔色がたちまち変わった。

「あ……！　あいつだ！」

何と徳太郎、良次郎が乗せていたのは、あの目明きのいかさま按摩であった。

「ちょいとごめんくださいまし！」

新三は駕籠を止めると、一目散に駆け出した。

「どうしたんだい？」

この時、久兵衛は権太、助七が担ぐ駕籠に乗っていたのだが、驚いて自分も駕籠から降りた。

　すると、太十も新三同様、それに気付いて、

「あのくそ按摩だ！」

　と、駆け出した。

「何だって？　あの野郎か！　逃がすなよ！」

　久兵衛、権太、助七も駆け出した。

　按摩は自分が置かれている状況に気付き、

「か、駕籠屋さん、ちょいと止めておくんなさいまし！」

　慌てて言ったが、

「徳兄ィ！　良兄ィ！　そいつはいかさま野郎だ！　降ろさねえでくれ！」

　そこへ新三が迫り来て叫んだ。

　咄嗟《とつさ》に徳太郎と良次郎は、駕籠を新三の方へ全速力で舁いたかと思うと、合図をかけ合い、ひょいと駕籠を捻《ひね》った。

　魔法のごとき術で、按摩は駕籠から地面に転げ落ちた。

「このいかさま野郎め！」

　新三が組みつき、太十が加勢すると、

「手前が薩摩守か！」

久兵衛が按摩の坊主頭をぽかぽかと殴りつけた。

「ご勘弁を……！」

男達が泣き叫ぶ按摩を縛りあげるのに時はかからなかった。

こなつを抱いたおせんが興奮気味にやって来て、

「こんなことってあるんだねえ……。ここへきて何もかもうまくいくなんて……」

唸《うな》るように言った。

「まったくでさあ」

新三が両手をぱんぱんとはたいて空を見上げると、

「おや、月が出た……」

その美しい光の下で、おせんの腕の中のこなつが、

「わん！」

と鳴いた。

三　駕籠屋剣法

「太十……。あれは何だなあ。剣術の稽古《けいこ》からの帰りってところだなあ」

「ああそのようだ。おれも前から気になっていたよ」

「好いなあ、生き生きとしていて……」

「ふふふ……」

「おかしいかい？」

「新三の物言いが年寄りみてえだ」

「ははは、そうだな。若《わけ》えのを羨む……、まだそんな歳にはなってねえや」

「だが、どんな稽古をしているのか、ちょいと気になるねえ……」

新三と太十は、両国から薬研堀《やげんぼり》、浜町《はまちょう》の辺りをよく通る。

本所、深川《ふかがわ》、浅草の方へ客を乗せると、二人はひとまず〝駕籠留〟がある人形町へと戻ることにしている。

その間に客を乗せる時もあるが、自ずとこの辺りが帰り道になるのだ。

町屋と武家屋敷が混在する街路を行くと、武士、医師、僧、商人、人足、近在の百姓など色んな人の往来が見られて、なかなかに楽しめる。

もちろんその風景の中に、駕籠舁きとして二人も彩りを添えているのだが、以前から二人がよく見かけて気になっていたのが、剣術稽古からの帰りらしい件の若侍達であった。

藍の袴《はかま》に筒袖の稽古衣。これに羽織を引っかけ、木太刀《きだち》や防具袋を担いで道行く彼らは実に爽やかで潑溂《はつらつ》としている。

大抵の場合、二人か三人連れで、熱く何かを語らい、時にはそれが高じて今にも殴り合いが始まるのではないかと思わせられる。

感情のぶつかり合いは若さならではのことであり、そこに邪《よこしま》な欲得は一切見受けられない。

そういう風情が、新三と太十にはこたえられぬのだ。

若侍達は皆、二十歳になるやならずで、どこかの大名家の家中の者と思われる。

若くして定府《じょうふ》の士となり家督《かとく》を継いだ者か、あるいは見習いに出て張り切っている同志というところか——。

御家としては、有望の士として文武を奨励し、屋敷内の武芸場での稽古に止まらず、名だたる剣術道場へ通うことも許されているのであろう。

何度か見かけて、新三と太十は興をそそられるうち、この若侍達は薬研堀にほど近い、伊予《いよ》・河野《こうの》家の家中の者と知れた。

新三と太十のような町駕籠は、武家屋敷に客を送ることは滅多にないが、それでも時には出入りの商人に俄に呼び止められ、乗せて行くこともあった。

武家屋敷には看板や表札があるわけではないので、特別な絵図などで予め覚えておく必要に迫られる場合もある。

それゆえに新三と太十は、旗本・御家人の屋敷までは無理としても、大名屋敷くらいはあらかた空で言えるようになりたいと日頃から思っていた。

それこそ一流の駕籠舁きの証《あかし》であろう。

「町の辻で客待ちするような駕籠舁きが、そこまでするこたあねえよう」

「行かにゃあならねえ時は、あちらさんの方で、教えてくれるさ」

「江戸の町の大まかな道筋だけ、しっかり頭に入れておけばいいぜ」

「新さんと太ァさんは、おもしれえなあ」

駕籠屋仲間が口を揃えて言うように、新三と太十には、そういう仕事熱心に収まらぬ風変わりなところがある。

気性はそれぞれに違うというのに、駕籠舁きへの想いやこだわりは、まったく気持ちをひとつにしているのは、真に稀有《けう》な二人組と言えよう。

件の若侍達の中でも一際《ひときわ》、光彩を放っている一人が、副島千代之助《そえじまちよのすけ》という名であることも、何かにつけて注意深い二人には、知らず知らずのうちに頭の中に入っていた。

「まったく、千代之助には敵《かな》わぬ」

「おい副島、そう苛々とするな……」

若侍達の話す声が、勝手に耳に入ってきたからだが、聞き流さずに覚えてしまうのは、二人がよほど〝人好き〟であるからか――。

いくら取るに足らぬ駕籠舁き風情とはいえ、そう容易く武士が他人に名を知られるのも不用心ではないかとも二人は思っていた。

副島千代之助は同輩からは一目置かれていて、引き締った体と、細面《ほそおもて》で端整な顔立ちは、人の上に立つ者の相をしている。とはいえ、やはり若さゆえの危なかしさはこのようなところに窺える。

そして、それをも引っくるめて、新三と太十には、

「生き生きとしていてよい」

と思われるのである。

剣術道場からの帰りなどは、一汗も二汗もかいて、若さがほとばしっているので、そろそろ〝青さ〟に懐かしさを覚える新三と太十には、特に目につく存在であったのだが、

「そういえば、副島千代之助とかいう若旦那、近頃はとんと見かけねえな……」

「いよいよ御役目が忙しくなって、剣術の稽古どころではねえのかもしれねえや」

「そうだな。すっかりと大人になっちまったのかねえ」

「だが、ずうっとあの初々しさを持っていてもらいてえものだな」

「まったくだ……」

新三と太十は、そんな風に彼の噂をするようになり、この二月ばかりはまるで見かけなくなった。

そうして、いつしか話題にも上らなくなってきたのだが、師走《しわす》も次第に押し詰ってきた頃、二人は思わぬ形でこの若侍と出会うことになる。

二

その日。

新三と太十は、朝から東へ西へと客を駕籠に乗せて走り廻り、昼下がりに〝駕籠留〟に顔を出すと、

「ああ、新さん、太ァさん、ちょうど好いところに戻って来てくれたよ」

お龍が奥から飛び出てきて、新たな仕事を告げた。

近くの長谷川町《はせがわちょう》に住む、おえんという常磐津《ときわづ》の師匠を、本所押上村《おしあげむら》まで送ってもらいたいと言うのだ。

おえんは〝駕籠留〟の常連で、年の頃は二十五、六の色っぽい師匠だが、日頃は主に徳太郎と良次郎が駕籠舁きを務めていて、新三と太十にとっては初めての客であった。

俄の外出ということで、徳太郎と良次郎がちょうど出払っていたからだが、

「新さんと太ァさんの方が、今日はよかったんじゃあないのかしら」

お鷹はそう言った。

これからおえんが常磐津の出稽古に行くところは、材木商の主人の別邸で、口説かれに行くようなものだと彼女は見ていた。

そういうところへは、なまじよく知っている駕籠舁きよりも、初めての者の方がよいのである。

新三と太十は情に厚い男だが、男と女の色ごとが絡むと、まったく素っ気《そけ》ない。

余計なことは言わぬが華だと思うと、言葉も出てこないのだ。

それでいて、仕事は確かだし女の客が心丈夫にしていられる頼もしさがある。

大店の材木商の旦那を持つのは、常磐津の師匠にとっては悪くない。

芸に生きるには、女一人では心許ない。

この時代に生まれた女にとって後盾があるというのは、真にありがたいものなのだ。

とは言っても、

「あの女、よろしくやりやがって……」

などと、人から冷めた目で見られやしないかという歪《ゆが》んだ想いも湧いてくる。

「ほんに、新さんと太ァさんが戻って来てくれてよかったよ」

女の気持ちをわかりつつ、自分達が行き遅れている理由はまるで理解出来ない。

お龍とお鷹の差配は、この日も全開であった。

「そんならさっそく務めさせてもらいましょう」

新三はすぐに迎えに出るので、近所ならば顔繋ぎに付いて来てもらいたいとお龍に言った。

「ああ、そうするつもりですよ」

店を出て、新三と太十の駕籠に寄り添うお龍に、

「お姉さん、これを忘れちゃあならないよ」

お鷹が女ものの浴衣《ゆかた》を手に出て来て差し出した。

「今言おうと思っていたんだよ」

妹に指摘されたのが癪に障るのか、お龍は怒ったように言うと、

「これを頼みますよ」

きれいにたたまれた浴衣を、そっと駕籠に忍ばせた。

「これを埃《ほこり》よけにしろと……？」

新三が首を傾げた。

「そうさ。まだ使ったことはなかったかい？」

お龍もまた首を傾げてみせた。

「そういえば、新さんと太ァさんは、あまり女の客を乗せたことがなかったかもしれないねえ」

新三と太十は、日頃から辻駕籠を旨としている。

町の辻で女の客を乗せることは滅多にないので、浴衣が珍しいのだ。

女が駕籠で旅をする時に、埃よけに浴衣を着物の上から身につけるのは、よく目にする光景であった。

しかし、江戸市中では浴衣のうわっぱりはほとんど見られない。

砂塵《さじん》舞う田舎道を行くわけではないのだ。そんなものを着ていては不粋だし、町駕籠に備えつけてなどいられないというところであろうが、

「冬は乾いた風が吹くから、ちょいとめかしこんだ時は、これが役に立つのさ」

と、お龍は言う。

ずっと垂れを下ろしているのも息苦しいし、人の目に触れにくいのはありがたいし、埃よけを着ていると、

「控え目で、ちょいと女としての心得があるように映るから、うちの店じゃあ注文が入るとお勧めしているってわけさ」

そしてこれが、なかなかに評判をとっていて、

「〝駕籠留〟は、女二人が仕切っているからそういうところによく気が廻る」

と言われていて、お龍とお鷹は随分と気をよくしているのだ。

浴衣の柄は大きな麻の葉で、なかなかに洒落《しやれ》ている。

着る着ないは客の勝手だが、駕籠に忍ばせておけば、何かと役に立とう。

「なるほどねえ。女ならではの気遣いってわけで……」

太十が感心してみせると、誰もが嬉しくなるらしい。姉妹はにこりと笑って、

「新さんと太ァさんは、きっと女の客に喜ばれると思うから、これからも頼みますよ」

「そんならお姉さん、お願いしますね」

そうして店の外の四人は、おえんの許にいく新三、太十、お龍と、店に残るお鷹とに分かれたのである。

姉妹の言うことは正しかった。

お龍が〝駕籠留〟からほど近い、おえんの家へ駕籠を舁く二人を連れて行って、

「師匠、ちょうどこの二人が戻ってきましたので、よろしくお頼み申します……」

初顔合せの紹介をすると、

「あら、これはまた頼りになりそうな駕籠屋さんですこと」

おえんは、お龍の想像以上に二人を気に入ってくれた。

おえんは、常磐津の男の弟子達を、何人も〝その気〟にさせる、習いごとの師匠の魅力をふんだんに備えている。

黒襟の付いた瀧縞《たきじま》模様の着物の褄《つま》をとり、静々と現われたおえんは小股《こまた》が切れ上がったいい女で、常の男なら一目見るだけで、にやついてしまうであろう。

しかし、新三と太十は駕籠屋としての態度を崩さず、卑屈にもならず、

「お師匠、お迎えにあがりました」

「ささ、まずは浴衣をどうぞ……」

淡々としてことを進める姿には、寸分の隙もない。

こういう駕籠舁きに供をしてもらうと、自分が何よりも引き立つことを、おえんは女の本能としてわかっているようだ。

「そんなら龍さん、行って参りやす」

新三がお龍に言い置いて、

「ヤッサ」

「コリャサ」

と、二人の駕籠は一路本所へと走り出した。

片方だけ垂れを上げた駕籠からは、件の浴衣を着たおえんの姿が見え隠れする。

浴衣の裾が僅かに駕籠から垂れ下がっているのが、そこはかとなく色気を醸している。

自分より、この常磐津の師匠の方が、はるかに新三と太十の使いこなし方を知っているような——。

見送るお龍は何故か哀しくなり、小走りで〝駕籠留〟に戻ると、帳場でお鷹と帖面を見ている留五郎を捉えて、

「お父っさん、新さんと太ァさんは、どういう人なんだい？」

思わずそんな言葉を投げかけていた。

「何を言っているんだい。藪《やぶ》から棒に……」

留五郎は呆れ顔で応えたが、

「あの二人と一緒にいると、たまに苛々するんだよ……」

お龍は怒るでもなく、しっとりとした声で言った。

「苛々するだと？　おれはあの二人を気に入っているんだぞ。何が気に入らねえんだ」

留五郎は口を尖らせた。

「気に入らないわけじゃあないんだよ」

「そんなら何だ？」

「あの二人とは、話せば話すほど、あたしなんて大したこともない女なんだなあって思えてくるんだよ」

お龍は、言葉で言い表せない感情に襲われて、しかめっ面をした。

留五郎がきょとんとした顔を向けると、

「その想いはあたしもわかりますよ」

傍らでお鷹が大きく頷いた。

「あの二人は、あたしの言うことをどんな時でも、頷きながらしっかり聞いてくれる……。でもねえ、話した後はいつも、言わずもがなのことを長々と言っちまったよ……、そんな気にさせられる……」

「お鷹の言う通りだよ」

お龍は相槌を打って、

「こっちは精いっぱいなんだよ。でもあの二人は、どんな時でも肩の力が抜けているってえのが癪に障るんだ」

「そうなんだよ。しっかり話は聞いてくれてはいるんだけど、それでいて、よしよしと頭を撫でられているような……」

お鷹が続けた。

「お前らの言っていることはまったくわからねえや」

留五郎は溜息をついた。

「話をしっかり聞いてくれる。そうして、よしよしと頭を撫でてもらっているような気にさせてくれる……、そのどこがいけねえんだ。新三と太十は、お前達よりも五つ六つ歳が上で、おれがこれと見込んだ男なんだぞ。お前達よりちょっとばかり上手《うわて》なのは当り前だろうが」

「言われてみればそうなんだけど……」

お龍が首を竦めた。

「そうだろう、それが癪に障るだとか、苛々するとか言われた日には、新三も太十も堪ったもんじゃあねえや」

「いや、怒っているわけじゃあないんだよ」

お鷹が首を振った。

「当り前だ。あの二人はお前らに怒られるようなことは何もしてねえや」

「いや、だからあたしが言いたいのは……」

「新さんと太ァさんは、どういう人なのかってことなのさ」

お鷹が相槌を打った。

二人は留五郎が懇意にしている献残屋の隠居・作右衛門からの紹介でここへ来た
が、以前は鎌倉河岸で水夫をしていたと姉妹は聞いていた。

しかし、水夫から駕籠舁きに転身した二人組が、〝駕籠留〟の名物姉妹と謳《うた》われる
自分達を、無言のうちに圧倒するとは、

「ただ者ではない……」

と、思うのである。

今まで、その意を込めてさりげなく留五郎には、新三と太十の出自を訊ねてきた
が、

「その話は何度もしただろう」

で、いつもすまされる。

「お父つぁん、あたし達に何か隠していることがあるんじゃあないのかい」

お龍は好い機会だとばかりに改まった物言いで訊ねた。

留五郎はうんざりした顔をしたが、すぐに彼もまた改まった物言いで、

「何だ、お龍……」

「実はな……、あの二人はさるお大名の落し胤《だね》なんだ……」

と、低い声で告げた。

お龍とお鷹は顔を見合せてから、

「こっちは真面目に訊いているんだよ！」

ほぼ同時に言った。

「ちょっとは驚きやがれ！」

留五郎はしばし不機嫌に黙り込んだが、

「つまり、お前達は何だな。あの二人に惚れちまったんじゃあねえのか……？」

やがてそう言ってニヤリと笑った。

「ち、ちょいとお父っさん……」

「な、何を言い出すんだよ」

お龍とお鷹は返す言葉に窮して口ごもった。

「お龍、お鷹……、どっちが新三で、どっちが太十に惚れてやがるんだ？　お前達こそおれに隠しているんじゃあねえのかい？」

ここぞと留五郎は二人を攻めた。

「まったく馬鹿馬鹿しい……」

「訊くだけ無駄だったよ……」

お龍とお鷹は、ぷんぷんと怒りながら、店の奥へと消えてしまった。

留五郎は、しめしめとした表情となり、

「ふふふ、あの二人を黙らせるにはこれが何よりだぜ」

と、ほくそ笑んだが、

「だが、満更《まんざら》でもなかったような……。うーん……、何とも言えねえなあ……」

やがて腕組みをすると、大きな唸り声をあげた。

三

〝駕籠留〟の小さな騒動をよそに、新三と太十は常磐津の師匠・おえんを、無事に本所押上村へと送り届けた。

「ほんに好い乗り心地でしたよ……」

おえんは酒手を弾んでくれた。

新三と太十は、

「また二人に頼もうかしら……」

おえんからその言葉が出る前に、

「いえ、徳兄ィと良兄ィに比べたら、あっしらが舁くのは駕籠と言えたもんじゃあござんせん」

「兄ィ達が出払っていて、申し訳ございませんでした」

さらりと応えて、徳太郎と良次郎の客には、無闇《むやみ》に近付かないという気持ちを暗に伝えたのであった。

おえんは二人の意図を察して、

「やっぱり、駕籠は留五郎さんところに限るねえ……」

と言って、出過ぎた口は一切挟まずここまで連れて来てくれた二人に、艶《あで》やかな笑みを送ると材木商の別邸に消えていった。

この家屋は、木立の中に呑み込まれるようにして建っている。

「太十、この中はどんな風になっているんだろうなあ」

「見た目にはどこかその辺りにありそうな寮だがなあ……」

「入ってみると、どこぞの大名屋敷くれえの家が建っているのかもしれねえぞ」

「材木問屋の旦那ともなれば大したもんだ」

「その旦那に見初《みそ》められたとなりゃあ、師匠も大したもんだ」

「今日は出稽古に来なすったんだろ」

「何の稽古かわからねえよ」

「そう言って茶化《ちゃか》すもんじゃあねえや。師匠はただ稽古をつけに来ただけなのかもしれねえじゃあねえか」

「そりゃあそうだな。うん、太十の言う通りだ」

「好い女は何かと噂を立てられて、それはそれで大変だ」

「太十、お前は好い奴だな」

「いや、人の詮索《せんさく》が面倒なだけさ」

「ははは、そいつは何よりだ」

二人は、おえんがくれた酒手を押し頂いてから懐にしまうと、空駕籠を担いで歩き出した。

今日はもう、人形町方面の客の他は断ることにした。

ひとまず竪川《たてかわ》沿いの道へ出ようと、押上村の田舎道を南へ進むと、日は思いの外早く暮れてきた。

師走のこの時分は、何とも言えぬ寂しさに溢れている。

夕餉《ゆうげ》にありつける日の喜びと、ありつけぬかもしれぬ日の不安と哀感——。

寒村を出たもののたちまち食いつめた子供の頃の思い出が、未だに二人の胸の内を掻き乱す。

早く人通りの多い通りに出て、今日の充実を噛み締めよう……。二人は暗黙のうちに先を急がんと心得て、

「ヤッサ」

「コリャサ」

と駆け出したのだが――。

武家屋敷の間に広がる田圃道《たんぼみち》に出た時。二人はどこからかかすかに血の匂《にお》いが漂っていることに気付いた。

「太十……」

「ああ、こいつの正体はいってえ……」

二人は以心伝心で立ち止まり、辺りを見廻した。

少し先の草むらが揺れている。

先ほどから強くなってきた風のせいだけではあるまい。

二人は逆手に握っている杖を順手に持ち替えて、注意深くその方へと歩み寄った。

まだ陽光は僅かに残っている。

「うん……？　あの若旦那は……」

新三が唸った。太十が大きく頷いた。

草むらに一人の若侍が着物を血に染めて倒れていた。

それが二人には一目で、あの副島千代之助であるとわかったのである。

どこかで何者かに襲われ、戦いつつ難を逃れたものの、ここで力尽きて草むらの陰に倒れ込んだと見える。

このところはとんと見かけなかった千代之助に、思わぬところで出会った興奮が二人を襲ったが、

「どうなさいました……」

新三は、まず気を鎮めつつ、千代之助に駆け寄り声をかけた。

「う……」

千代之助はまだ息をしていて、低い呻き声をあげた。

「あっしらは通りすがりの駕籠屋でございます。何とかしてお侍様をお助けいたしとうございます」

太十が実のある声で、励ますように言った。

「忝《かたじけな》い……。ちと仔細《しさい》があり、かくなる仕儀に……。真に無念だ……」

千代之助は息も絶え絶えに応えた。

新三と太十は、千代之助の身上を既にわかっていたが、相手は理由《わけ》ありの宮仕えの武士である。

知らぬふりをした方がよいと判断し、そのことについては一切話をせず、

「とにかく、まず駕籠に乗ってくださいまし」

「どこか近くの番屋へ駆け込み、手当をした後お役人を呼びましょう」

そのように告げたものだが、

「いや、それはならぬ。ゆえあって主家の名も、我が姓名の儀も容赦願いたい……」

千代之助は力を振り絞って言った。

どうやら家中に内訌《ないこう》が生じてのことらしい。

自らが瀕死《ひんし》の重傷を負いながらも、御家を思う若侍の決意が真に不憫《ふびん》であった。

「そなた達を巻き込むやもしれぬ。ここは見なかったことにして、早々に立ち去るがよい……」

千代之助はさらに、新三と太十をも気遣った。

これに心打たれぬ二人ではない。

副島千代之助を何度も街角で見かけて、その潑溂とした姿に、

「おれ達もまだまだ、あのような心を持ち続けねえとなあ……」

と、二人は自分を鼓舞してきた。

その若侍とこんなところで行き合ったのは何かの縁であろう。

どのような御家の事情があるかは知らねども、副島千代之助に邪な振舞があったとは信じられぬ。

何としても彼に助勢をしたいと、ここでも驚くほどの以心伝心で動き出す二人であった。

「お侍様、駕籠舁き風情ではございますが、あっしらも男でございます。ここで貴方様を見捨てて行けるものではございません」

「さあ、とにかく駕籠へ……」

新三と太十は、有無を言わさず千代之助を両脇から抱え上げると、駕籠へと連れていった。

「いや、それは……」

〝ならぬ〟という言葉さえ、既に千代之助の口からは出なかった。

とはいえ、千代之助を駕籠に乗せるのはよいが、彼を襲った連中がこの辺りまで追ってきて、血眼《ちまなこ》になって捜し廻っているとしたら、怪我人を無事に安全なところまで運ぶのはなかなかに大変である。

それに表沙汰にしたくないと願う千代之助の想いを、無にすることも出来ぬ。

「まず、どこへ運び込もう」

「近くにちょうどよいところは……」

「ここは本所か」

「本所といえば……」

「あった……」

「うん、行き先はひとつだ」

途端、二人の脳裏に同じ男の顔が浮かんだ。

「よしッ……」

「気合を入れていくか……」

二人は千代之助をそっと駕籠に乗せた。

すると、隅へたたんで置いてあった、埃よけの女物の浴衣がするりと滑り落ちた。

四

「ヤッサ」

「コリャサ」

すっかりと日が暮れてきた本所の柳島町《やなぎしまちょう》の通りを、新三と太十の駕籠が力強く走り抜けていく。

舁き棒の先端に器用にぶら下げた小田原提灯《おだわらちょうちん》がゆらゆらと明かりを放っていた。

駕籠の中にはもちろん副島千代之助が乗っている。

手負いの彼は、下ろされた垂れの中で、やっとのことで体を支えていた。

いつどこに追手が現れるかもしれぬ。そんなところで、追手が血の匂いを嗅《か》ぎつつ求めている獲物を、駕籠に乗せて走る――。

彼は朦朧《もうろう》たる意識の中で、駕籠舁き二人の義侠に心打たれつつ、せめて駕籠から落ちぬようにと、力を振り絞っている。

駕籠を構築する四本の竹に、紐《ひも》で上手く括りつけられてはいるが、何の拍子に転がり落ちるかもしれたものではないのだ。

しかし、豪胆にも新三と太十は、何もなかったかのように駕籠を舁き続ける。

二人は傷付いた若侍が、伊予の大名・河野家家中で、副島千代之助ということは既に知っている。

とはいえ、何者が彼を襲ったのかなど見当もつかない。

突如として刺客の一団が現れて、

「駕籠屋、すまぬが中を検めさせてもらうぞ」

と迫ってくれば、二人は戦うしかない。

新三と太十が武芸者並の力を有する強者《つわもの》であるのは言うまでもない。

また、決してそれを誇らず、世間に知らしめたくはない二人でもあった。

ここは何とかして誰にも気付かれずに虎口を脱し、まず千代之助の命を守らねばなるまいと考えていた。

周囲には武家屋敷が点在している。

そこに出入りする武士達が時折、駕籠とすれ違う。

その度に、ただの駕籠屋の風情を醸しつつ、二人の四股《しし》はぴんとした緊張に張りつめた。

だが、怪しげな武士の一団とは遭遇しなかった。

日暮れとなり、慌てて屋敷へ戻る武士達は、騒々しくはあるが、どれも殺気は孕《はら》んでいなかったのである。

新三と太十が目指すところは亀戸町《かめいどちょう》であった。

ここには二人がよく知る、献残屋〝金松屋〟の隠居・作右衛門の住まいがあった。

作右衛門は、新三と太十を〝駕籠留〟に紹介した人として、既にこの物語において何度もその名が出ている。

二人が鎌倉河岸で水夫をしていた頃。

道端で俄の癪に苦しむ作右衛門を助けたことから交誼が生まれ、新三と太十にすっかり惚れ込んでしまった作右衛門が、顔馴染の留五郎に、

「この二人が、駕籠舁きをしてみたいと言うのじゃよ」

と、話したところから、一気に話がまとまった。

留五郎は少数精鋭で駕籠屋を営むのを旨としていた。

とかく駕籠舁きは、

「風の流れで雲のように飛ぶ……」

雲助などと呼ばれ、世間からはあまり好かれていない。

「それでも〝駕籠留〟なら確かだ」

となれば、商売も安泰であろう。

留五郎はそう信じてやってきて、正しくそれは功を奏したが、なかなか〝精鋭〟は見つからないと、日頃からこぼしていたから願ってもない申し出であったのだ。

だが、留五郎の娘・お龍、お鷹は、

「ご隠居は、道端で助けられたのが縁だった……、なんて言っているけど、ほんとにただそれだけなのかねえ」

「もっと前から知っていたんじゃあないのかい」

ちょっとした疑いの目を向けていた。

この姉妹はそそっかしいところはあるが、まだ少女の頃から父を助け、駕籠屋を切り盛りしてきたので、それなりに人を見ている。

作右衛門の新三、太十への思い入れは、昨日、今日の付合いとは思えなかったのだ。

その辺りの引っかかりが、今日の留五郎とのやり取りにも表れていたわけである。

だがそれは多分に的を射ていた。

今、この非常時に新三と太十が、瀕死の状態の若侍を、ひとまず作右衛門の家へ運ぼうなどと思い至るのには、よほどの信頼が互いの間に築かれていなければならないはずだ。

そして、いくつかの奇縁と幸運が、駕籠の三人に訪れていた。

新三と太十が、

「この人ならば……」

と頼みに思える作右衛門の隠宅は、副島千代之助が兇刃《きょうじん》に倒れたところからは、さほど遠くはなかった。

何としても争闘は避け、人知れず作右衛門の許へ行く――。

「ヤッサ」

「コリャサ」

二人は陽気に駕籠を進めた。

千代之助を助け起こした時に半纏に付いた血は、これを裏返しに着直したことで、外からは見えない。

この駕籠の中に血まみれの若侍がいるなどとは誰も思うまい。

すれ違う人、追い抜いていく人は見向きもしなかった。

この分だと、無事に作右衛門の隠宅へ辿りつけよう。

しかし、天神橋《てんじんばし》へかかったところで、背後から数人の武士が猛烈な勢いで走ってきて、ぴたりと立ち止まる様子を覚えた。

それに動じることなく、新三と太十は駕籠を進める。

やがて、小走りの三人が駕籠を追い抜くと五間ばかり先で立ち止まって、駕籠を振り返り見た。

だが橋の上の三人の表情には、

「ヤッサ」

「コリャサ」

と、相変わらず陽気に駕籠を担ぐ二人の様子に、失望の色が浮かんでいた。

「へへへへ……」

突如、新三が顔を後ろに振りながら笑い出した。

「姐《ねえ》さん、そろそろお目当ての家へ着きますよ。へへへ、よろしゅうございますねえ。差し向かいで盃《さかずき》をやったりとったり……。もうあっしは姐さんを降ろしたら、どこかへ駕籠を放っぽり出して、遊びに行きてえや……」

そして、架空の〝姐さん〟と話し出した。

駕籠の垂れの隙間からは、麻の葉柄の女ものの浴衣の裾が、艶《なまめか》しく覗いている。

埃よけの浴衣を駕籠に忍ばせておけば、何かと役に立とう。

お龍とお鷹に渡されてそう思ったが、これがここへきて大いに役立った。

「へいへい、もう黙っておりやすよ……」

新三は〝姐さん〟と軽口を叩きつつ、尚《なお》も進んだ。

件の三人は、相変わらず厳しい目を新三と太十に向けていた。

新三と太十は、客とのやり取りを聞かれていたのなら恥ずかしいことだという素振《そぶ》りで、

「おやかましゅうございました」

軽く頭を下げてから彼らの横を通り過ぎた。

三人は何か話し合っているように見えた。

そこへ背後から一人の武士がやって来て、これに合流した。

一団は、今にも駕籠を追って駆けてきそうであったが、新三と太十は、市井《しせい》の駕籠舁きが常連の粋筋の女を乗せて走っている風情を、どこまでも崩さなかった。

それでいて二人は、怪しげな武士の一団がいきなり襲ってきた時は、駕籠を橋の隅に置き、これを背負って派手に立廻ってやろうと気合を充実させていた。

「行くぞ……」

背後で武士の一人が野太い声で言った。

そして背後の怪しき武士達は、駕籠と反対の方へと立ち去ったようだ。

彼らの殺気はどんどんと遠ざかっていったのである。

五

亀戸町の作右衛門の隠宅に着いた時、さすがの新三と太十も、駕籠を地に置くと肩で息をした。

「着いた……」

作右衛門の家は、間口三間半くらいの仕舞屋《しもたや》であるが、入ると広い土間がある通り庭の向こうに、なかなかに瀟洒《しょうしゃ》な造りの母屋《おもや》が建ち、中で小さな蔵と繋がっている。

奉公人の半三《はんぞう》が、表に駕籠が止まったと見て、とび出してきた。

「これは新三さんと太十さん……」

偉丈夫《いじょうぶ》で体も顔付きも岩のような男であるが、半三はいつも丁寧な物言いで二人を呼ぶ。

「いや、半さん、相変わらずで何よりだね。ちょいと駕籠を中へ入れさせてもらいますよ」

新三は慌てずに言うと、太十と二人で駕籠を土間へ入れた。

半三は、女房のおまさと二人で、作右衛門の身の周りの世話をしているのだが、この家の番人でもあり、頼もしい存在である。

新三と太十の体から発する殺伐とした気配をたちまち察し、

「奥の庭までどうぞ……」

駕籠を奥の庭へと案内した。

この間、表の戸はしっかりと閉じられ、表の様子に気付いてやって来たおまさが、作右衛門の許へと走っていた。

この辺りの動きは真に心得たもので、三十過ぎと二十歳過ぎの夫婦は、無駄のない動きを見せていた。

作右衛門が開いていた〝金松屋〟は献残屋である。

献残屋というのは、江戸ならではの商いである。

武家が互いに進物をしたり、町人から受けた進物の残りを売るのが本意であったが、近頃では儀礼の進物品で実用でない物は商人に売り渡した。

買った商人は、その品を進物品や献上品として必要とする武家に再び売る。

その間に入って売買をするのがこの仕事なのだ。

そうなると、献残屋は諸大名との付合いも生まれるので、その筋について詳しくなる。

方々の大名の御家事情の把握も出来るというものだ。

作右衛門は、かつてはさる大名家に中間奉公《ちゅうげんぼうこう》をしていたが、人に勧められて献残屋の手伝いをしてから、この商売の妙味を知ることになる。

以後、持ち前の侠気と腕っ節で、町人からも大名家の家来達からも信頼を得て、大名家の内情を調べて密かに町の商家に教えてやるという独自の商売をも始めていたのだ。

それゆえ、作右衛門はそんじょそこいらの侠客よりも頼りになり、世間の人に慕われながら、ここまで来たのである。

新三と太十は、それをよく知っている。

このような若侍を持ち込んでは迷惑がかかると知りつつ、

「ご隠居ならば……」

と見込んでやって来たのである。

子がなく、五年前に妻と死別した作右衛門は、〝金松屋〟を番頭に託し隠居の身となった。

それによって、本来の献残屋稼業からは遠ざかり、悠々自適に暮らしている。かえって、暇潰しになると喜んでくれるのではなかろうか。

新三と太十は、ひとまず半三の後について、通り庭から奥庭へと駕籠をつけた。

庭に面した部屋の戸がさっと開き、中から作右衛門が現れた。

「おや、これは新さんと太アさん、よく来てくれましたねえ」

作右衛門は、おまさから二人のおとないを聞いて、ただならぬ様子を覚えていたが、元《もと》より肚の据った男である。緊張は深い皺の中に隠して、にこやかに二人を迎えた。

「申し訳ございません。とんでもねえお人をお連れしてしまいました」

新三は畏まりつつ、一刻を争う事態であるから、太十に垂れを上げさせてまず駕籠の中を見せた。

「これはいけませんねえ。すぐに中へ……」

作右衛門は、血まみれの若侍を見せられても毛筋ほども狼狽《ろうばい》を示さず、半三とおまさに手伝わせて奥の蔵の扉を開け、その中に寝床を拵えさせた。

新三と太十は、その間にごく手短かにこれまでの経緯を話して、

「どうしても放ってはおけずに、お訪ねしてしまいました」

「誰にもつけられてはおりませんので、許してやってくださいまし」

と、巻き込んでしまったことを重ねて詫びた。

「いやいや、謝まることはありません。よいことをしましたねえ。さすがは新さんと太ァさんだ」

半三と同じく、〝新三さん、太十さん〟と二人を丁寧に呼んでいた作右衛門だが、そのようにくだけた調子で向き合ってもらいたいと二人に言われ、今はもう、

「ご隠居」

「新さん、太ァさん……」

の掛け合いが実に馴染んでいる。

「とにかく、お救いいたしませぬと……」

ここまで気丈にも声を立てずに駕籠の中で苦痛に堪えてきた副島千代之助であったが、何も言葉が発せぬほどに衰弱していた。

「もう大事ございません。まずお気をしっかりとお持ちなさいまし」

作右衛門は穏やかに声をかけた。

落ち着き払った老人の一言は、千代之助を幾分安堵させたようだが、彼は新三と太十の素早い手当を受けると、その間に何度も、

「けいしろうが……、けいしろうが危ない……」

うわ言を言った。

「けいしろう殿ですかな？」

作右衛門は訊ねたが、千代之助は錯乱しているようで、

「地蔵堂……、地蔵堂に、けいしろうが……」

と、言った後、深い眠りに陥った。

やがて近くに住む町医師・福原一斎《ふくはらいっさい》がやって来て、その間、新三と太十は席を外した。

二人は、半三が医者を呼びに行ったと聞き、自分達が駕籠で迎えに行くと言ったのだが、

「お二人は顔を出さぬ方がよいでしょう」

近所のことなのでそれには及ばぬと、押し止めたのである。

作右衛門は、ただ通りすがりに手負いの若侍を見つけた駕籠屋が、ここに助けを求めて担ぎ込んだことにしておくべきだと二人を気遣ったのだ。

己が武勇を人に知られたくない二人には、それがありがたかった。

一斎は作右衛門とは昔馴染で、彼がここに隠宅を定めた時、

「わたしも倅が一人前になったゆえ、そこに隠宅を構えるとしましょう」

と言って、近くに移り住んだほどの付合いだ。

作右衛門が時に義侠を買って出る癖があるのをよく心得ている。

彼自身も若い頃は医者になるのを嫌い、近くの剣術道場に通って剣客を志したという変わり者であるから、

「作さん、わたしはそんじょそこいらの医者と違いますからね」

などと意気込みつつ療治にあたった。

出血がひどいので、持ちこたえられるかどうかはわからぬが、

「この御仁は、なかなか強い体を持ち合せているようじゃ。きっと目を覚ましてくれましょう」

そのように診立《みた》てて、やがて半三に送られて帰っていった。

ともすれば、

「わたしもここへ残って、いざという時のために備えましょうかのう」

などと、年寄りの冷や水になりかねないので、

「わたしにも思うところがありますので、今日のところはひとまず……」

と、追い立てるようにして帰したのであった。

やがて帰ってきた半三とおまさに蔵の内を任せ、作右衛門は別室に控える新三と太十を自室に呼んだのである。

六

「さて、どうしますかな」

行灯《あんどん》の明かりが妖《あや》しげに揺れる部屋で、作右衛門は新三と太十を見た。

いつも目もとに笑みを浮かべている老人の顔に、凄《すご》みが増している。

「熱に浮かされて口にした、けいいしろうという人が気にかかります」

新三は、真っ直ぐな目を作右衛門に向けた。

「恐らくその人は仲間の一人で、これからどこかで会うことになっていたのでしょう」

太十が続けた。

「そのようですな。地蔵堂で会うつもりだった……」

作右衛門が頷いた。

「伊予の河野様の御家中で何かが起こっている……。ご隠居、心当りはございませんか」

「ご隠居なら、何か聞き及んでいるのでは？」

新三と太十は身を乗り出した。

千代之助の言葉の意味を探ると、彼の同志の身に危険が及んでいるのは明らかである。

ことは一刻を争う。

作右衛門はそれには応えず、

「どうあっても、けいしろうという御仁を助けたいと」

二人を交互に見た。

新三と太十は、力強く頷くと、

「予てより気になっていた若侍と、このような場で巡り合うたのは何かの縁。さらに助けたところはご隠居の家からほど近い本所の外れ。ご隠居は諸大名の動きにお詳しい上に、我ら二人にとっては力の源。これは神仏がわたし達に、副島千代之助殿の力になってやれと、お命じになっているのではないかと思われてならないのです」

新三が二人の想いを告げた。

「いかにもご両所が考えそうなことですな」

作右衛門はふっと笑った。

「とはいえ、あなた方には、大望があるはず。このようなところで危ないことに身をさらしてよいのでしょうか。傷ついた若いお侍をお助けした……、それだけで十分に神仏への義理は果せているのではありませんかな」

「そうかもしれませぬ。御家中の騒動に首を突っ込む謂《いわ》れもないのでしょう。しかし、困ったことに、けいい、いしろうが危ないという言葉を聞いてしまいました」

「このまま捨て置けば、後生が悪うございます」

二人は尚も、自分達の正義を貫かねば気がすまぬようだ。

そして、作右衛門と三人だけで向き合っていると、新三と太十の物言いは、町の駕籠舁きとはまるで違ういかめしさを帯びてくる。

「左様で……。それならば申しましょう」

作右衛門も威儀を改めた。

「河野様の御家中には、あまりよい噂がございません……」

河野家は三万五千石ながら、国表《くにおもて》から送られる塩、みかん、海産物によって内福《ないふく》の誉《ほまれ》が高い。

これらを江戸の商人を巧みに使って売り捌《さば》く、江戸家老・辻元洋之助《つじもとようのすけ》の手腕は卓越していて、家中での彼の権勢は大きなものとなっていた。

当主・美濃守《みののかみ》はまだ元服したばかりで、幕府より定府を命ぜられている。

となれば、実力のある江戸家老が若き主君を補佐し、御家を治めていくのは必然となるが、辻元はそれをよいことに、次第に専横の振舞を見せるようになった。

己が思うがままに家政を執り行ない、反発する者は次第に役儀から失脚させる。

そして、それに義憤を覚える者達が密かに寄り集まって、辻元洋之助の追い落しを謀《はか》っている。

事情通の間では、そのような噂が真しやかに囁かれていた。

しかしこのようなことは、多かれ少なかれどの大名家でもあるものだ。

権力者が悪で、それに反発する少数派を善とするのは余りにも短絡的であろう。

政《まつりごと》というものは、あらゆる思想、意見を持つ者達をいかにとりまとめていくかに尽きる。

ある局面においては、強引に物ごとを取り決めていかねば、何も前には進むまい。

作右衛門とて、これくらいの噂であれば、

「ただのやっかみ」

とすませてしまう。

ところが、そこは事情通の中でも抜きん出ている作右衛門の耳には、さらに実に気になる噂が入っていた。

辻元が国表からの産物を、横領しているのではないかというものだ。

河野家のように国表が遠方にある大名家の物産は、江戸に運ばれるまでの間に、傷《いた》みが生じたり積み荷の破損などで、数から省かれる品も出てくる。

この数が、河野家の場合やたらと多いというのだ。

それはつまり、不良品として数に含めぬ物が、その実密かに別の流れを通じて、売り捌かれているからではないか――。

長年、大名諸家の台所事情を垣間見《かいまみ》てきた作右衛門には、その疑いが強いと思えた。

「あの御仁は、若い同志を募り、御家の行く末を憂えておいでであったのかもしれませぬな」

そして密かに辻元洋之助の横領を暴かんと動いていたところを、辻元一派に勘付かれ、命を狙われたのではなかったかと、作右衛門は推量した。

「そうであれば、副島千代之助殿は、義憤にかられ命の危険を顧みずに動いたことになりましょう。ますます捨て置けませぬ」

新三が正義の叫びをあげた。

「ご隠居は、千代之助殿がどこへ向かうつもりであったと思われますか？」

太十が問うた。

「恐らくは、河野様の下屋敷でしょうな」

それはここからほど近い中ノ郷《なかのごう》にあるらしい。

新三と太十は大名屋敷を大方把握していたが、小大名の下屋敷までは知らなかった。

下屋敷は大抵江戸の町外れにあり、倉庫や農園になっている。

ここに詰めている家来は数えるほどしかおらず、若い家中の士達はあまり寄りつきたがらない。

下屋敷にいたとて御家の要人の目に触れることもなく、農園の管理などという役儀に就かされては出世の道から外れるからだ。

自ずと下屋敷詰の武士は、家老の辻元から疎《うと》まれているか、見習いとして留め置かれている若い家士、又は老人となる。

だがそう考えると、下屋敷は反体制派が拠点にするに恰好の場になろう。

大名の家来達には厳しい門限がある。

限られた者の他は、日暮れてから外出をして、どこかの店で集まり決起するなど、出来るものではない。

しかし、下屋敷であれば広い庭園は畑と化しているから、高い塀が巡らされているわけでもなく、柴垣や生け垣に毛の生えたような一角もあるはずだ。

農園の管理に託《かこつ》けて、密かに外へ出て、誰かに密書のひとつも手渡すくらいのことは出来よう。

副島千代之助は、屋敷外の剣術道場に通うのを認められていたようだ。

それを理由に、人目につかぬ時分に上屋敷の外で人に会うくらいの融通はついたのかもしれない。

そうして下屋敷の同志は、辻元の息がかかった間者《かんじゃ》が下屋敷内にいるかもしれぬとの用心から、巧みに外へ出て千代之助と何らかの繋ぎをとる——。

「もしかすると、千代之助さんは、そのまま国表へ旅発《たびだ》つつもりであったのかもしれませぬな」

作右衛門は、独自に拵えた武鑑《ぶかん》を眺めながら推測した。

そこには彼が長年にわたって調べ上げた諸家の事情が記されている。

河野家は、現在江戸家老の辻元洋之助が実権を握っているが、国表には河野家一族の城代家老が隠然たる勢力を保っている。

御家のことを考えると、江戸家老に切れ者がいるのは悪くない。清濁併《せいだくあわ》せ呑む城代家老は、多少の職権の乱用はいたし方なしと認めているし、辻元も国表の重役を懐柔するための手立に抜かりはない。

江戸と国は遠いゆえ、国老達も辻元の暴走に気付かないのだ。

しかし、江戸詰の士が、確たる証拠を示し、辻元の横領を訴え出れば、状況は変わるであろう。

果して、千代之助はそこまでのことを考えていたのか、今は到底《とうてい》訊ける状態ではない。

まず、けいしろうを見つけ出し、その命を守ってやりさえすれば、その後のことは河野家の責任において事態を収めればよいのだ。

作右衛門は、大目付である水野若狭守《みずのわかさのかみ》の用人と、仕事上で繋がりがあった。

ここはすぐに訴え出ればよいのかもしれないが、そんな悠長なことはしていられない。すぐに千代之助が言うところの〝地蔵堂〟を探らねばなるまい。

その地蔵堂は、河野家下屋敷のすぐ近くにあるのではないだろうか。作右衛門はそのように見ていた。それなら今から探しに行けば、千代之助の仲間を救い出せるかもしれない。

「すぐに見て参ります」

新三が声を弾ませた。

作右衛門は話すうちに、新三と太十と心がひとつになってきた。

「くれぐれも深入りはしませんように」

彼は分別を促すと、

「思えば、副島千代之助というお人はほんについておりますな。確かにこれは神仏のお告げかもしれませぬぞ」

つくづくと言った。

七

それから、小半刻もせぬうちに、新三と太十は本所の夜道を西へ駆けていた。

来た道の天神橋を渡り、法恩寺橋《ほうおんじばし》を渡ると、今度は横川《よこかわ》沿いに北へ、中ノ郷瓦町《かわらちょう》近くにある河野家下屋敷の位置を頭に叩き込み、二人は寸分の狂いもなく目当ての地へ急ぐ。

駕籠を舁かぬ二人の脚力は韋駄天《いだてん》のごとし。

いくら駆けても速さが衰えることはなかった。

さらに驚くべきは二人の姿である。

新三と太十は、作右衛門の隠宅で裁着袴《たっつけばかま》に袖無し羽織という、どこぞの武芸者のような身形に変身していた。

腰にはもちろん大小をたばさんでのことである。

髪もさっと結い直し、どこから見ても駕籠舁きの変装には見えなかった。

武家に出入りしている作右衛門の隠宅である。着物も刀もあったとて不思議ではないが、これはどう見ても、いざという時はこの二人のためにいつでも用意出来るようにしているという作右衛門の意図が窺える。

貧農の出で、やがて江戸に出て水夫となり、作右衛門と出会って、隠居の紹介で駕籠屋に身を置く二人であるが、その水夫になるまでの間に、いったい何があったのであろうか。

食い繋ぐために力仕事などをこなし、流れ流れて江戸に出たわけではなさそうだ。

余りにも身に馴染んだこの恰好を見ると、元は武士か。いや、駕籠舁きが武芸など出来ると世間に知れれば面倒になると慮《おもんぱか》っての、単なる仮装なのであろうか。

それが明らかになるには、今しばし時を経《へ》ねばならない。

今は新三と太十、通りすがりの浪人者を装い、けいしろうなる副島千代之助の同志を守らんとしていることだけは確かであった。

それにしても速い。

二人は駕籠を舁かずに長い距離を走るのは久し振りで、身についた脚力を確かめ、誇るように道を行くと、たちまちのうちに目当ての河野家下屋敷に着いた。

「太十、どうだい？」

「うむ、まだまだ走れるさ」

二人はニヤリと笑い合うと、注意深く辺りを見廻しつつ探索した。

下屋敷から人知れず辿り着ける地蔵堂がないか探したのである。

「太十……」

やがて新三は太十と共に、屋敷の裏手にある雑木林に身を潜めた。

自分達二人の他にも屋敷の周りをうろつく怪しげな武士達の影を認めたのだ。

新三と太十は悟られぬように、遠くからそっと武士達を見た。

先ほど副島千代之助を助けた折、あの橋の上で遭遇した浪人風の武士達と姿形が似ている。

その数は三人。

注意深く見守ると、やがて三人の前に二人の武士が現れた。こちらは、どこかの大名家の家中のように見える。

一人は壮年で、もう一人は千代之助と同じ年恰好の若侍だ。

五人は何やら渋い表情を浮かべて、しばしの間、声を潜めて話していたが、やがて壮年の武士はいずれかへ立ち去った。

若侍は浪人風三人に頷くと、下屋敷の裏手の方へと歩き出した。

下屋敷は、どこかの村の名主屋敷のような趣である。

表門こそ大名屋敷の威容を誇るが、武骨な板塀は母屋を囲んでいるだけで、その外側には農園が広がり、生垣が巡らされている。

作右衛門が想像した通りの風情である。

若侍が行くと、少し遅れて浪人風が跡を追った。

新三と太十は、さらにその跡をつけた。

すると生垣の外に、こんもりとした杉木立が見えて、若侍はそこへ入って行く。

続く三人は杉木立に身を潜めて、若侍の姿を見守っている。

新三と太十もまた、身を潜めつつこれをつけた。

先ほどの壮年の武士は、もうどこにも姿が見えなかった。

やがて、新三と太十は顔を見合った。

若侍の行く手に立派な地蔵堂が見えてきたのだ。

若侍は注意深く辺りを見廻しながら、扉を開けて単身中へ消えた。

すると浪人風の三人組は、木々の間にそれぞれ身を潜めた。

よく見ると、三人は屈みつつ、刀の下《さ》げ緒《お》で襷《たすき》を十字にあやなしている。

新三と太十の頭は混乱した。

浪人風の三人は、明らかに地蔵堂の中へ斬り込むか、または誰かが出て来たところを襲うのか、戦闘の態勢を整えている。

だが、入っていった若侍は何者なのか。

彼こそが〝けいしろう〟で、あの三人は密かに警護をしているのか――。

それならば、浪人風三人は副島千代之助の味方で、落ち合うはずが何者かに千代之助を襲撃されたと気付き、その姿を追い求めていたとも考えられる。

このまま地蔵堂にとび込んでしまいたい衝動を抑え、新三と太十はじりじりと違う角度から近付いていった。

既に〝けいしろう〟は中にいるのかもしれない。

それならば今の若侍は、敵か仲間か……。

だが彼の入り様を見ると、中の者を襲う殺気は漂っていなかった。

もし斬り合いになれば、〝けいしろう〟も無闇に斬られまい。

争闘の気配を覚えたら、その時は中へ踏み込もう――。

新三と太十は、この度もまた以心伝心で確かめ合い、地蔵堂を見つめていた。

すると件の若侍が地蔵堂から出て来た。

争った様子もなく、実ににこやかである。

しかし、辺りを注意深く見廻す態度は崩さない。

やがて若侍は、杉木立に潜む三人に会釈《えしやく》して、足早にその場から立ち去った。

三人は少しずつ姿を現すと、若侍が見えなくなったのを見計らい、ゆっくりと刀を抜いた。

闇の中に白刃の冷い輝きが煌《きらめ》いた。

「太十……」

新三は囁くように言うと、彼ら二人もゆっくりと腰の刀の鯉口《こいぐち》を切った。

浪人達は、これから地蔵堂に斬り込むのに違いない。

「うむ……」

低い唸り声がかすかに聞こえたかと思うと、三人は地蔵堂に一気に駆け寄り、扉を勢いよく開けた。

中には一人の若侍がいた。

彼も用心をしていたのであろう。瞬時に刀を引き寄せたが、後手に回った上に、相手が三人ではまず敵うまい。

「おのれ……」

色白のふくよかな顔に無念を浮かべ、せめて刺し違えてやると決意を見せた時、浪人者の背後に二人の武士が現れ、

「待て!」

と、低く叫んだ。

浪人達は、突如背後に敵を受け、

「な、何奴……」

と、狼狽した。

「これは何の騒ぎだ……」

新三が落ち着いて問うたが、三人の驚きは狂気に変じ、

「だ、黙れ……」

と、二人に斬りかかった。

この時、堂内の若侍は機を読んで、三人組の一人の腹を己が刀の鞘尻《さやじり》で、丁と突いた。

一人が堪らずに腹を押さえて、その場に屈み込んだ。

新三と太十は、よしと頷き、それぞれ刀を峰に返し、相手の刀を下から撥《は》ね上げ、無駄のない太刀捌きで、新三は右に、太十は左に相手の胴を打っていた。

研ぎ澄まされた技は、肋《あばら》を砕くことなく敵の息を詰らせ、その場に這《は》わせていたのである。

「忝うござる……」

若侍は静かに威儀を正した。

色白のふくよかな顔を見ると、副島千代之助と共に剣術道場に通っていた、若侍の一人に似ていると思い出した。

新三は太十と二人で、倒れている浪人風の男達の腰から脇差を抜き取り、取り落した太刀と共に遠くへ放り投げると、

「我らは通りすがりの廻国修行の者にござる。またすぐに江戸を離れる身。他言はいたさぬゆえ仔細をお話しくださらぬか」

堂々と武士らしく言った。

若侍は、これほどの危機を救ってくれた二人の武士に、いささかの邪気もないと見てとって、

「かくなる上は、御両所を武士と見込んでお話しいたしまする。某《それがし》は、河野家家中、久島慶四郎《くしまけいしろう》と申しまする……」

と、名乗った。

八

新三と太十は廻国修行中の武芸者、佐々木新三郎《ささきしんざぶろう》、渥美太十郎《あつみたじゆうろう》と名乗った。

打ち倒した三人には縄を打ち、猿轡《さるぐつわ》をした上で、地蔵堂の隅に転がしておいた。

果して、副島千代之助がうわ言に告げた〝けいしろう〟は、この久島慶四郎であった。

だが新三と太十は、あくまでも通りすがりの武芸者を演じるゆえに、千代之助については一切語らずにいた。

今はとにかく、久島慶四郎から事情を聞いて、まず一人の死者も出さぬことが先決

である。

慶四郎が語ったのは、作右衛門が聞き及んでいた噂と、彼がそこからさらに推量した江戸家老の不正とほぼ一致するものであった。

久島慶四郎は齢二十三。昨年父の急死によって勝手方の役職を継いだのだが、何かと帳簿の作成に口を出してくる家老の辻元洋之助とその一派に、大きな疑念を抱くようになった。

朋友《ほうゆう》・副島千代之助は、彼もまた父の死に伴い若くして目付役の任にあった。

二人は主君・美濃守の剣術指南における稽古相手を務めていたので、特に浜町の小《お》野《の》派《は》一《いっ》刀《とう》流《りゅう》道場へ、三日に一度は通うことを許されていた。

その行き帰りの一時を、新三と太十は何度か見かけていたというわけだ。

若い二人は役目柄もあり、辻元と彼に取り入る一派に反発を覚えていた。

目付は家中の者の違法を監察する役職である。そして慶四郎は、家政における金の流れを確かめる役職である。

「弱輩者は控えていよ……」

と、大人達に押さえつけられ、本来の職責が果せていないことに苛立ちは募るばかりであった。

そのうちに、慶四郎は辻元洋之助が、国表から送られる産物を巧みに横流ししているのではないかと疑いを抱き始めた。

道場の行き帰りに千代之助に告げると、正義の士である千代之助は、

「このままにしておいてよいものか……」

と、悲憤慷慨《ひふんこうがい》甚《はなはだ》しく、

「何としても、辻元洋之助の専横を糺《ただ》さねば、我らの立つ瀬もなかろう」

同志を募って江戸家老の悪事を白日の下にさらしてやろうと息まいた。

思えば、屋敷を出て剣術道場に通うことを認められ喜んでいた自分達は、何と愚かであろう。

辻元は、若さゆえにどこまでも正義を貫んとする家中の士を、剣術稽古の名目で、外に追いやり体《てい》よく屋敷内の政務の中心から遠ざけたのである。

やがて、勝手方の慶四郎が、あれこれ熱心に帳簿の照会を始めると、辻元とその一派の古老は、

「おぬしに下屋敷の勘定方の取締りを頼みたい」

彼を下屋敷の閑職に追い込んだ。

千代之助達は大きな痛手を受けたが、逆に政庁からは目の届かぬ下屋敷を拠点にし

て、慶四郎は出入りの商人から巧みに河野家との取引きの流れを探り、遂に国表から送られる産物がどのように売り捌かれているかの全容を摑んだのだ。

　慶四郎は、閑職の徒然《つれづれ》を資料作りに充て、辻元が画策した、産物横流しが一目でわかる密書を仕上げたのである。

　近々、国老が江戸屋敷へ主君・美濃守に、先君の法要についての段取りを相談に来ることになっている。

　この機に乗じて、千代之助が密書を受け取り、隙を見て上屋敷にて城代家老に手渡すこととした。

　ところが、辻元洋之助は世間知らずの若侍達が、いつ自分に牙をむくかを案じ、若侍達の中に間者を忍ばせていた。

　千代之助と慶四郎のこの日の密会は、同志の一人だと信じていた、中小姓《ちゆうごしよう》・木村《きむら》鎮之助《しずのすけ》によって、辻元一派に洩れてしまっていた。

　この木村鎮之助というのが、先ほど浪人の三人組と壮年の武士とで密かに地蔵堂の外で談合していた若侍であった。

　鎮之助は、地蔵堂に入って来ると、

「千代之助がここへ来る道中、何者かに襲われたぞ」

慶四郎にそのように告げると、密書はひとまず自分が預かろうと言った。

だが慶四郎は、しばらくここで千代之助を待つと言って、鎮之助には渡さなかった。

すると鎮之助は、

「ここはまず辻元一派には知られておるまいが、すぐに同志を集めて守らせよう……」

そう言い置いて地蔵堂を出たという。

それゆえ、浪人風の三人が入って来た時は、

「仲間が駆けつけてくれたものと思いましてござる……」

慶四郎は、木村鎮之助の裏切りに歯嚙みしたものだ。

だが鎮之助は、今頃久島慶四郎は三人の刺客に殺され、その密書もこっちの手に入ったと思い込んでいるはずだ。

鎮之助は先ほどの、副島千代之助襲撃においても、浪人三人組にあれこれ手引きをしていたのであろう。

その結果、思いの外に千代之助の腕が立ち、取り逃がしてしまったが、

「もはや生きてはおりますまい」

と思えるほどの手傷を負わせていた。

とはいえ、鎮之助にしてみれば、千代之助の骸《むくろ》を見ないとほっとは出来ぬ。

今は三人組に指図を残し、千代之助の探索に向かっているのに違いない。

「真に面目ないことにござる……」

話すうちに、自分達の甘さがしみじみと身に沁《し》みてきて、慶四郎は嘆息した。

そして、助けてくれた二人に話すことで、御家の恥をさらそうが、悪辣《あくらつ》な辻元一派をどこまでも追い詰めてやろうと決意を固めているように思えた。

「いやいや、貴殿は立派でござるよ」

「今はまだ、面目がどうのと語る段ではございますまい」

新三と太十は、副島千代之助、久島慶四郎の義挙を称えた上で、

「その辻元 某《なにがし》という家老も、権謀術数に長《た》けているようで、大したこともござるまい」

「城代家老来着を控えて、随分とうろたえている様子が目に浮かぶような……」

慶四郎を励ました。

「左様でござりましょうか」

慶四郎は、正義に命をかけるだけの覚悟が備った、なかなかに見上げた武士ではあ

るが、若さゆえの不安もある。

あらゆる経験の乏しさに気付いては呆然自失《ぼうぜんじしつ》となり、それを若さがもたらす向こう見ずで何とか補おうとするのが、若者を時に破滅に追い込むのである。

新三と太十は、近頃やっとそこに気が廻るようになってきたので、まず慶四郎の心を落ち着かせたのだ。

「こちらは、敵の刺客三人を虜《とりこ》にしてござるぞ」

「敵の情勢をまず吐かせましょうぞ」

刀の下げ緒で両手両足首を縛り、手拭《てぬぐ》いで猿轡をした三人は、痛みも少し治まり、もがき始めていた。

「いや、こ奴らは雇われただけのようだ。大したことも知らぬのではないか」

「それもそうだな。こっちの話も聞いていたようだし、おれ達の顔も見られた上は……」

「後が面倒だ。斬って捨てるか」

新三が恐ろしい形相で三人を見廻した。

三人はさらに口をもごもごさせて、何かを訴えようとした。

「久島殿、どうなされまする……」

太十がニヤリと笑った。

「憎き敵ではござるが、知っている限りのことを、まず話させるのがよいかと存ずる」

慶四郎はゆったりとした口調で応えた。

考えてみれば、こちらは決して劣勢ではない。辻元一派にも傲《おご》りが出ている。浪人達に任せて、千代之助探索に向かったのは、大きな失敗であったはずだ。

しかも俄に現れた凄腕の二人が加勢してくれている。

新三と太十の狙い通り、慶四郎は冷静に物ごとを考えられるようになってきた。

新三と太十は、慶四郎の言葉に大仰に頷いてみせて、

「命冥加《いのちみようが》に叶いし奴ら」

「これもみな久島殿のお蔭。まず知っていることを話してもらおうか」

ひとまず猿轡を外してやった。

三人は乱れた息で、

「忝うござる……」

「まず何もかもお話しいたしまする」

「今、話を聞く限り、我らが言われたこととまるで違う……」

と、口々に言った。

九

浪人達は、手塚弥左衛門《てづかやざえもん》、沼田平三郎《ぬまたへいざぶろう》、菱川門蔵《ひしかわもんぞう》と名乗った。

いずれも長い浪人暮らしを何とかせねばならぬと、武芸、算盤を習いつつ仕官を求め歩いた。

そこで当りがあったのが、河野家であった。

三万五千石ばかりの小大名とはいえ、河野家は内福で知られていた。

「それゆえ、二、三人新たに召し抱えるようにと、我が君に御進言しているところでのう……」

ある日、三人はそれぞれの伝手《つて》を求めて、河野家江戸家老・辻元洋之助との目通りが叶った。

辻元は気さくに三人に接し、河野家がいかに恵まれているかを語り、若き当主・美濃守の才気を称えた。

「さりながら、よいこともあれば、悪いことも出来《しゅったい》するのが家政と申すものじゃ……」

そして言葉を濁しつつ、悩める顔を見せた。

若い家中の士は、世間を知らぬゆえに理想ばかりを語り、老臣を悪だと決めつけるものだと言うのだ。

浪人達は三人共、三十歳を越えていて、嫌というほどに世間の苦労を知っている。

生まれた時から当り前のように禄がある若い士達が、考え違いを起こしてしまうことはありがちであろうと、大いに納得がいった。

「ははは、御家の恥を無闇にさらしてはならぬのう。各々方《おのおのがた》の仕官の儀はよく考えておこう。某としては、世間知らずの弱輩者よりも、各々方のような人の情けを知る武士を引き上げたいものじゃが、とかく若い者達は、若い主君に取り入るのがうもうてのう……」

辻元はそのように気を持たせつつ、しばらく三人を放っておいたのだが、この策が見事にはまった。

仕官の手応えを覚えた三人は、何とかして辻元の役に立ちたいと、日々その想いを募らせた。

その間合を読んだのであろう。

辻元は三人を呼び出して、

「そこ許らの話はよい具合に進んでいるのだが、家中の若い連中が我が君に、あれやこれやと吹き込んでいるようでのう、なかなかお許しが出ぬ……」

大いに嘆息してみせた。

こうなると、手塚、沼田、菱川の三人は、

「どのようなことでもいたしまする。某は御家老の下で奉公をいたしとうござりまする」

と、意気込んだ。

そこで辻元は三人を懐に入れて、彼らに妖術をかけるかのようにして、意のままに動かし始めた。

家中の若い士は、重代にわたって河野家に仕えてきた者ばかりであり、とかく誰にでも若さゆえの過《あやま》ちは付き物であろう。

そう思って温かく見守ってきたつもりであったが、副島千代之助、久島慶四郎達は、当主・美濃守の稽古相手を務め、寵《ちょう》を得たことで考え違いをして、

「遂に公金横領に手を染め、あろうことかそれを我ら老臣の罪として我が君に訴え出んと企み始めた……。そのような戯言に耳を貸される殿ではないが、このままではこ

の身もいつ命を狙われるやしれたものではない。泣いて馬謖《ばしょく》を斬る……、いよいよその時が参ったようじゃ。三人の腕を貸してもらいたい」

辻元は、言葉巧みに三人を説いた。

そのように言われると、三人は断われるはずもなかった。

苦労知らずで御家をかき回す不良若侍を、自分達の手で斬り、その功をもって河野家に召し抱えてもらおうと肚を決めたのであった。

「言い訳はいたしとうござらぬが、我らとて新たな道を切り拓かんとしたことでござる」

手塚弥左衛門は、縄目を受けながらも武士の矜持《きょうじ》を保たんとして、重々しい口調で言った。

慶四郎は、辻元洋之助のことだ、

「さもありなん」

と、辛抱強く三人の話を聞いていたが、堪え切れずに、

「して、おぬしらは木村鎮之助の手引で、副島千代之助を討たんとして取り逃がしたのだな」

手塚、沼田、菱川は、決まり悪そうな顔で頷いた。

瀕死の重傷を負ったものの、今は安全なところで怪我の手当をして眠っているとわかっているのは、新三と太十だけで、浪人組三人も慶四郎もそれを知らぬのだ、焦るのも無理はない。

「副島殿の腕前は大したものでござった」

「深傷《ふかで》を負いながらも逃げて姿を消したとなると、もしや何者かに助けられたのかもしれぬ……」

沼田と菱川はそのように見ていた。

「どこかに潜んでいると信じようではござらぬか」

新三は、慶四郎を慰めんとして力強く言った。

「はい……。副島のことでござる。某もそのように信じておりまする」

慶四郎も言葉に力を込めた。

「さて、この三人の話によると、やはり御家老が我らに追手を差し向けたということになりましょうが、これはいかがいたせばよろしかろう」

「まずこの三人を江戸家老の前に連れて行ったとて、知らぬ存ぜぬですませてしまうのは必定《ひつじょう》」

「浪人者が食い詰めて、辻斬りを働いたと言い逃れるのは目に見えておりますな」

新三と太十は、仕官を餌《えさ》にこの三人をたぶらかして、いつでも使い捨てに出来るようにした上で、千代之助と慶四郎を襲わせる。

それが辻元の狙いであったのだろうと推測した。

訴え出れば副島千代之助と久島慶四郎が、屋敷を抜け出して企みごとをしていたことを、かえって責められるに違いない。

そうなると、誰もが辻元の権勢に戦《おのの》き、千代之助と慶四郎の肩は持たないはずだ。

「されど、我が手には、辻元一派の不正の動かぬ証拠がござる」

慶四郎は、今宵《こよい》、副島千代之助に渡すつもりであった密書を掲げてみせた。

「なるほど。だが、久島殿が密書を手にしていることは、木村鎮之助の密告によって、既に辻元一派の知るところとなっているはず」

新三に言われて慶四郎は、

「左様でございましたな……」

肩を落とした。

いくら確かな証拠であっても、それが渡るべきところに渡らねば、紙切れ同然となってしまうのだ。

城代家老が出府《しゆつぷ》するのは明後日となっていた。

その際、目付である副島千代之助は、城代家老に江戸表における家中の士の動向について報せるのが定例となっていた。

その場が勝負であった。

だが千代之助の安否が不明となれば、下屋敷詰である慶四郎は、地蔵堂から生きて戻ったとしても上屋敷へは入れない。

新たに放たれる刺客によって、命の危険にさらされるであろう。

「久島殿、かくなる上は江戸家老を動かれぬようにしてしまうしかござらぬな」

新三が、策に詰まる慶四郎にこともなげに言った。

「辻元洋之助を……？　御両所がいかに腕が立つとは申せ、まさかそのようなことが」

慶四郎は、何を言い出すのだとばかりに目を丸くした。

「なに、我ら二人に久島殿、さらにこの三人が味方してくれましょうぞ」

新三は不敵に笑った。

今度は縄目を受けている三人が、一斉に目を丸くした。

十

手塚弥左衛門、沼田平三郎、菱川門蔵は、本所中ノ郷の河野家下屋敷近くの地蔵堂を出ると、一路南へと夜道を辿った。

新三、太十の助太刀《すけだち》によって、あっさりと捕えられた三人であったが、今は腰の大小も戻され軽快な足取りである。

三人は辻元洋之助の巧妙な誘いに乗り、副島千代之助の命を狙ったことを後悔していた。

いくら念願の仕官が叶いそうだからといって、辻元を盲信するべきではなかったと心底思っていた。

三人共に自らの信じる道を突き進んだつもりであった。

しかし地蔵堂で久島慶四郎の話を聞かされると、どちらの言うことが正しいのかわからなくなってきた。

河野家にとって獅子身中《しししんちゅう》の虫だと言い聞かされていた久島慶四郎には、邪な風情が毛筋ほども見られなかった。

慶四郎が方々の廻船《かいせん》問屋や、産物を扱う商人から密かに集めた帖簿の写しなどからすると、辻元一派が江戸に送られる産物を低目に見積もり、色んな品目で横流しをしているのは明らかであろう。

さらに慶四郎は、新三と太十の提言を聞き入れ、

「辻元とその一味が、どこまでもおぬし達を裏切らぬとでも思うたか？　それを確かめに行くとよい」

と、取り上げた刀まで戻してくれた。

自らの信じる道のために人まで斬ったのだ。

ここに至っては正邪の別なく、辻元の自分達への想いを確かめるべきではないかと説かれたのだ。

自分達よりはるかに年若の慶四郎が、己が盟友の暗殺を図った相手に対し、切り刻んでやりたい想いを抑え、この三人もまた辻元の毒牙にかかった者だと哀れんだのだ。

言われた通り、まずそれを命をかけて確かめに行くのが、慶四郎に対する信義であろう。

三人は、まず深川猿江町《ふかがわさるえちよう》の抱え屋敷へと向かった。

この屋敷は名目上、河野美濃守が公儀からの拝領屋敷の他に私的に持つものと扱われているが、実質は辻元洋之助の私邸と化していた。

そもそも河野美濃守が抱え屋敷などを構えているなどと知れたら、公儀からの覚えが悪くなるは必定。

それゆえここの存在は、辻元からうまく言いくるめられた当主・美濃守と、辻元一派の重役達しか知らなかった。

もちろん、辻元に抜かりはなく、美濃守の出世についての布石と称して、幕府の要人も既にここに招き接待をしていた。

若き当主の美濃守を何としても、幕府の重役に据えたい――。

この名分を掲げておけば、少々の不正も通すことが出来ると、辻元は高を括っていたのである。

だが、私腹を肥やし、反対派を汚ない手で弾圧する。

そのような為政者が権力の座に長くいられるはずはないのだ。

抱え屋敷は、藁屋根の趣のある寮といった造りであった。

まず三人は手はず通りに、門番に名を告げて取次ぎを請うた。

すぐに木村鎮之助が出て来て、

「御苦労でござった。して首尾は……？」

「かくの通りでござる」

手塚が仕留めた証だと、久島慶四郎の紋入りの印籠《いんろう》を見せ、

「不意を襲い打ち殺し、そっと下屋敷の畑へ捨ててござる」

沼田が続けた。

「その上でこれを……」

菱川が密書と思《おぼ》しき書付を見せた。

「ご苦労でござった。ひとまず中へ……」

鎮之助は三人を屋敷の内へと請じ入れた。

「生憎《あいにく》、まだ副島千代之助の骸は見つかってはおらぬが、まず生きてはおるまい
……」

三人は、鎮之助の言葉にほっとして、

「だが、屋敷の外で見つかれば厄介なことになるのでは……」

手塚が訊ねると、

「そのような者は当家とは一切関わりなし……。もし問い合せがあれば、そのように始末をすればよいとのことでござる」

鎮之助はさらりと言った。

仲間、同志を装い、同じ家中の者を殺害せんとしたというのに、木村鎮之助には露《つゆ》ほどの哀感もないらしい。

「して、久島慶四郎はいかがでござった？」

「なかなかに手間取りましたぞ」

沼田はこの若造と話していると胸くそが悪くなり、ぶっきらぼうに応えた。

「左様か。ならばまずその密書はこっちにもらおう」

「いや、これは御家老に直《じか》にお渡しすることになっていたはず。案内してもらおう」

菱川が言った。

「生憎、御家老は御用繁多《はんた》でな。何ぞの折はこの木村鎮之助にと、御家老は申されたはず」

「ふん、調子のよいことを申すな……」

「我らに密書と交換で、仕官の念書を下されると申されたは偽りか」

「さあ、御家老はここにいるのであろう。案内いたせ」

鎮之助は何か言おうとしたが、三人は抜刀してその才子面の鼻先に、白刃を突きつけた。

「そうむきにならずともよろしかろう。わかり申した。まずこちらから……」

鎮之助は、仕官に目が眩《くら》んだ愚鈍《ぐどん》の輩と思っていた浪人三人に気圧《けお》されたが、この奴は人を騙すのに長けている。

手塚が凄んだ。

「早《はよ》ういたせ。我らは気が立っている」

うまく言い繕って奥庭へと三人を案内して、

「御家老……」

低い声で呼んだ。

すると庭に面した縁の障子戸が開いて、

「何ごとじゃ」

辻元の不機嫌な顔が現れた。その顔付を見た時、三人はすべてを悟った。

三人は抜刀したまま、

「この若造が、我らを無礼にも庭先へ通し、密書を預かるなどとほざきましたので……」

手塚が菱川が掲げる密書らしき書付を見ながら言った。

辻元は不機嫌な顔をそのままに、

「副島千代之助の骸は未だ見つからぬが、左様か、久島を葬り、密書を奪い取ったか。御苦労であったな」

と、嘲笑《あざわら》うように言った。

すると、地蔵近くで鎮之助と共にいた壮年の武士が現れた。

彼は江戸屋敷の番頭《ばんがしら》で、辻元洋之助の親衛隊長というべき武士である。

そして彼の配下が六人。庭へ降りてきて、三人を囲んだ。この連中は、若侍達の反撃に備えて、辻元を警護する者らしい。

「やはりそうであったか……」

三人は自嘲の笑みを浮かべた。

家中の者を手にかけるに、己が手は汚さず使い捨てにする。

どこかで千代之助の骸が見つかったとすれば、この三人が食い詰めて辻斬りを働き、反撃を受けて斬り倒された。

そんな風に処理をするつもりなのであろう。

いずれにせよ、三人はよほど騙され易い男と思われたのに違いない。

己が欲のために正義の若い士を、ろくに調べもせずに三人掛かりで斬り立てた
――。

恥辱と悔恨が三人の武士に襲いかかった。

「ふん、騙し討ちにしようとしたのであろうが、あてが外れたな」

「我らは容易く斬られぬぞ」

「死ぬ気の武士は手強い……。それにな、お前達が望んでいた密書はこの通りだ！」

菱川が広げた書付は白紙であった。

「おのれ謀《たばか》りおったか！」

辻元が叫んだ。

「お前達がどれほど薄汚のうて、間抜けかを確かめんとしただけだ。ふふふ、密書はさるところに置いてある」

手塚が嘲笑った。

「どこにある。言えば命は助けてやる」

「ふざけるな！　あれが外に出回れば、御家の存続に拘《かか》わるだろうな。だがおれ達にはどうでもいいことだ。しかるべきところに届け出てやるわ！」

「ま、負けた！　おれの負けだ。かくなる上は、そなた達の望みを何もかも聞き容《い》れよう」

「ほざくな！　今さら何を申すか。騙されて人を斬ったおれ達は、せめてお前達と戦うことで罪を償うのだ！」

手塚の叫びで、三人は一丸となって、辻元に斬り込んだ。

「たわけが！　斬れるものなら斬ってみよ！」

たちまち争闘が繰り広げられた。

まず木村鎮之助が、手塚の刀の柄頭《つかがしら》で額を割られて昏倒《こんとう》した。

しかし、辻元を守る武士は七名。

死を決した三人をなかなか攻めきれなかったが、数にものを言わせ押し返した。

三人の浪人達は、満身創痍《まんしんそうい》となりたちまち劣勢となった。

だが、そこへ彼らの本気を見てとった、新三、太十、そして久島慶四郎が躍り込んで来た。

「斬ってはなりませぬぞ！」

新三は刀を峰にして、太十と二人で慶四郎の露払いをして、辻元に迫った。

「お、お前は久島……！」

少しの間に、あの愚かな浪人三人と手を組んでいたとは――。

辻元はその意外さに驚き慌てた。

しかも、慶四郎に付き添う武士二人の何と強いことか。

慶四郎にかかる配下を、

「退け！　退け！」

と峰打ちに倒した鮮やかさには目を奪われた。

新三と太十が刀を一閃《いっせん》させると、足を打ち砕かれ、首筋を打たれた二人がたちまち地に這っていた。

さらに新三は家中一の遣い手として知られている番頭を、太十との連係よろしく、あっという間に戦闘不能にした。

「えい！」

太十が縁の下からすくい上げるように一刀を薙《な》ぐと、番頭はその一刀を払いのけたものの、強い打撃に太刀筋を乱され、

「それ！」

と、新三の一刀を小手に受け刀を取り落すと、もう一太刀を胴にまともに食らい、悶絶した。

「辻元洋之助！　恥を知れ！」

慶四郎は尚も阿修羅《あしゅら》のごとく刀を揮う新三と太十の助太刀を得て、

「ま、待て！」

て首に当てた。

と後退《あとずさ》る辻元の刀を叩き落とすと、辻元に組みついて利き腕を押さえ、脇差を抜い
その頃には、頼もしくも圧倒的な強さを見せる加勢を得て、すっかり勢いを取り戻した浪人三人組が、新三と太十に呼応して、傷の痛みも忘れ、生涯無二となろう奮戦を果していた。

堪らず二人の武士が刀を投げ出して投降した。

「よし！　お前達はここにいる者を縛り上げろ！」

慶四郎はその二人を使って辻元以下を縛りあげると、三人の浪人が用済みの二人を縛りあげてしまった。

それが済むと三人は、

「これで少しは、己が愚かさゆえの罪の償いもでき申した。かくなる上は……」

手塚の言葉に、沼田、菱川も頷いて、激しく精神を昂揚《こうよう》させてその場に座し、腹を切らんとした。

「待たれよ！」

慶四郎はそれを大音声《だいおんじょう》で制した。

「副島千代之助は死んだと知れたわけではござらぬ！　各々方にはまだ手伝うてもら

いたいことがござる！」

三人は、彼の言葉で我に返って、その場に手を突いて涙した。

「御城代が御出府なされるのは、明後日。それまで某はこれに籠城いたす所存にござる。共に戦ってはくれませぬかな……」

慶四郎の頼みに、やがて三人は勇んで頭を下げたのであった。

そうしてふと見ると、通りすがりの廻国修行の二人の姿は忽然《こつぜん》と消えていた。

十一

「〝金松屋〟のご隠居、どうも怪しいねえ」

お龍が腕組みをして言った。

「何が怪しいんだい？」

お鷹が問うた。

「新さんと太ァさんのことだよ」

「お客を隠居所の近くまで送ったから、二人で立ち寄ったんだろ？」

「ご隠居はそう言っているけどね……」

「ちょうど好い時に来てくれたと言って、二人の駕籠で近くのお医者まで行って、また送ってもらった……、するとご隠居が二人をそのまま引き留めて遅くまで飲んだ……。あのご隠居には、そういう傍迷惑なところがあるんだよ」

「お医者に行ったんだろう。そこから帰って、遅くまでお酒を飲む気になるかねえ」

「どこか具合が悪くなってお医者に診てもらうと、どこも悪くはないと診立てられて気が大きくなったとか……」

「それで、お気に入りの二人を引き留めて一杯やったと？」

「あたしはそう思ったけどねえ」

「そうかねえ……」

お龍はどうも腑《ふ》に落ちないでいた。

新三と太十が、義を見てせざるは勇無きなりと、河野家の騒動に首を突っ込んだ夜――。

二人は久島慶四郎の助太刀を務め、策を与えた上で、見事に辻元家老一派の魔の手を封じ込めると、慶四郎と手塚、沼田、菱川に別れを告げることもなく、その場から走り去った。

慶四郎の命さえ救ってやれば、新三と太十の気は済んだ。

後は一刻も早く作右衛門の隠宅に戻り、今夜の一件を作右衛門に報告し、副島千代之助の安否を確かめるばかりであったのだ。

新三と太十は、ひとまず夜明けまでは隠宅にいることにした。

既に佐々木新三郎、渥美太十郎は、元の新三と太十に戻っていた。

作右衛門は、新三と太十の話を踏まえて、あれこれ策を練った。

まず、新三と太十が今宵のうちに〝駕籠留〟に戻れぬ理由を考え、副島千代之助が持ちこたえた時とこのまま落命した時の対処を考えた。

いずれにせよ、作右衛門は日頃から交誼を結んでいる大目付・水野若狭守の用人に相談してみるつもりであった。

若狭守は敏腕の大目付で、河野家の当主・美濃守がまだ若年であることを考慮して、上手く内済《ないさい》出来るようとりはからってくれるはずだ。

すると未明になって、副島千代之助が医師・福原一斎の診立て通り、強靭《きょうじん》な心身によって一命をとりとめ意識が戻った。

それを見届けると、新三、太十はそっと駕籠を舁いて、人形町へと戻っていった。

作右衛門は、すぐに大目付への訴えを考えた。

外出からの帰りの道中、手負いの武士を見つけて放ってもおけず難渋している駕籠

舁きと出会い、

「それならば、わたしの家はほど近いゆえにひとまずお預かりいたしましょう」

と、家へ運ばせた。

近くに知り人の医者がいるし、手負いの若侍は御家を慮り、役人には届け出ぬようにと願っていたからだ。

そしてうわ言に、この若侍が河野家の家中であると知れた。

駕籠舁きは、手負いの武士を助けはしたが、後難を恐れ、名も告げずにそそくさと立ち去った――。

このような物語を作り、奉公人の半三を水野家に遣り、用人をそっと呼んだ。

意識を失っていた千代之助は、新三と太十が自分にどこまで関わっていたのかなど覚えているはずもなく、

「決して、悪いようにはいたしませぬぞ」

という用人の情に縋った。

用人は、新村主水《にいむらもんど》という初老の武士であるが、諸大名の鑑察の任にある主をよく助ける切れ者である。

しかし、そんな風情はまるで表に出さず、大名諸家の事情に詳しい作右衛門とは、

持ちつ持たれつの間柄を築いていた。

千代之助は一切を新村に打ち明け、

「久島慶四郎をお救いくださいませ……」

と、まず懇願した。

大名家の内訌は、何としても内済で終らせたい。

それが、大名家にとって何よりであるし、大目付の仕事の手間も省けるというものだ。

新村は若狭守に諮って、早速河野家上屋敷へ出向き、事情を問い合わせた。

江戸家老・辻元洋之助は不在で、屋敷内は不穏な空気に包まれていた。

恐らく辻元は抱え屋敷にいるのであろうが、どうも様子がおかしいし、副島千代之助、久島慶四郎、木村鎮之助が出奔《しゅっぽん》したようだと、騒ぎになっていた。

そこに大目付の用人が訪ねて来て、千代之助が何者かに襲われ、瀕死の状態となっているところを町の隠居に助けられたと聞かされ、

「色々と不都合が起きているようでござりまするな」

そのように問われると、応対に当った留守居役は震えあがった。

留守居役は、辻元家老にすっかりと飼い慣らされていたが、こうなるとたちまち辻

元を擁護する気も失せ、

「すぐに殿に諮り、当家におきまして厳しき仕置をいたしまするゆえ、ひらに御容赦願いとうござりまする」

その場を取り繕った。

「若狭守様は、できうる限り内済を促されておいでにござるが、五日の後にいかが相なったか、某にお報せ願いとうござる」

新村は、終始にこやかに、だが目の奥には鋭い光を湛《たた》え、河野家上屋敷を出たものだ。

その後のことは、ここで詳しく述べるまでもあるまい。

美濃守の下知《げち》で抱え屋敷に家中の者達が押しかけ、無様にも捕われて醜態をさらす辻元一党の姿に啞然《あぜん》とし、かつ久島慶四郎が差し出す横流しの証拠の書付に愕然《がくぜん》とした。

家中の者達は、横流しの一件についてはうすうす悟っていたが、若い家中の士が、ここまで辻元の不正を糺さんと命をかけて立ち上がっていたことに感嘆したのである。

さらに三人の浪人が、副島千代之助の生存を知り、男泣きに泣いたのには胸を熱くさせられた。

やがて河野家一族の城代家老が到着する。

収まるところに収まり、あの三人の浪人達にも何らかの幸せが訪れるであろう。

隠居の作右衛門には、河野家から相応の礼が届けられるに違いない。

そして、新三と太十は何ごともなかったかのように、いつもの通りに駕籠を舁いていた。

お龍とお鷹は、一晩帰って来なかった新三と太十が、実はそんな壮絶な一夜を過ごしていたとは夢にも思っていないが、渡しておいた女物の浴衣について、

「申し訳ねえ。酔っ払って転んで怪我をしたお客を乗せちまってね。血が付いてしまったんだよ……」

という新三の言い訳が、お龍には怪しく思われてならなかった。

「でも、〝金松屋〟のご隠居と一緒にいたのは確かなようよ。ご隠居も迷惑をかけたって、さっきはお父っさんに謝っていたじゃないの」

お鷹は姉を宥めるように言った。

「まあ、そうなんだけどね」

その日、作右衛門は留五郎を訪ねて来て、二人を引き留めていたことを詫びて、連

れ立って近くの料理屋へ一杯やりに出かけていた。

「何やら二人でこそこそと……。あたしはどうも気に入らないねえ」

お龍は不満そうに息をついた。

お鷹はふっと笑った。

姉の気持ちはよくわかる。

留五郎が作右衛門から、新三と太十を預かった時、二人の間に何かしらの密約があったのではないか。そしてそれは、姉妹には明かされぬまま、時としておやじ二人は新三と太十を肴《さかな》に一杯やっている——。そんな気にさせられるのだ。

——まあ、それでもお父っさんには、何でもいいから楽しみのひとつも持ち合わせてもらいたいもんだ。

お鷹はそう思っている。

何もかも把握していて、自分が仕切らねば気がすまないのがお龍だが、お鷹は妹の気楽さで、心にそんな余裕があるのだ。

姉妹の読み通り、作右衛門と留五郎は、やきもきするお龍とお鷹の想いをよそに、新三と太十の話で一杯やっていた。

「ははは、そうでしたか。あの二人はそこまでお節介を……」

留五郎は、作右衛門からの報せを受けて、ことの一部始終を知ると、実に嬉しそうに体を揺すった。

「二人からは何も？」

「ええ、〝金松屋〟のご隠居に、ちょっとご迷惑をかけちまいました……、それだけで」

「迷惑などとはとんでもない……。ふふふ、こっちは随分と若返らせてもらいましたよ。それにしても、親方は何も聞かなかったのですかな？」

「そのうちご隠居が話をまとめて聞かせてくれると思っておりやしたから」

「小出しに聞くことはないと……」

「へい。今日仕事から帰ってきたら、〝ご隠居から聞いたよ〟そう言ってにたりと笑い合うのが何よりで」

「ははは、下手に話せば恐ろしい娘二人に食いつかれますかな」

「そういうことで……。だが、志ある身だってえのに、他人のことに命をかけるなどとはおめでてえ男でやすねえ」

「若いお侍の難儀と心意気に触れると、身につまされて放っておけなかったのでしょうよ」

「へい。好い男だ」

「はい……」

「嬉しゅうございますよ。二人の強さは本物だってことですからねえ」

「向かうところ敵なしの、〝駕籠屋剣法〟てところでしょう」

「〝駕籠屋剣法〟……。ははは、こいつはいいや」

作右衛門と留五郎は、やはりお龍とお鷹が知り得ぬ、新三と太十の過去を知っている。いや、佐々木新三郎と渥美太十郎の生き様を知っているというべきか。

二人が江戸で水夫として働く以前に、何れ《いず》かで何者かにみっちりと武芸を仕込まれた時期があったのは確かだと言えよう。

とはいえ、作右衛門と留五郎が思いを馳《は》せている頃。

「ヤッサ」

「コリャサ」

と、新三と太十は何気負うことなく駕籠を舁いていた。

そしてその合間に、

「なあ太十」

「何だい新三」

「やはり江戸は広いなあ。隅々まで知るにはまだまだだな」

「だからこそ駕籠を舁く甲斐があるってものさ」

「だが困ったな」

「何がだい？」

「こう色んなことが起こると、楽しくなって、駕籠を舁いていられる間は、ずうっとお前とこの稼業を続けていたくなるぜ」

「ああ、おれも同じ想いさ」

二人はこんなことを言い合って、〝困った、困った〟と、苦笑いを浮かべるのであった。

「ヤッサ」

「コリャサ」

新三と太十の駕籠は、軽快に江戸の町を縦横無尽に駆け廻る。

そのうちに、文政二年も終ろうとしていた。

果して二人が辿り着く先は、どこにあるのだろうか。

本書は、講談社文庫のために書き下ろされました。

|著者|岡本さとる　1961年、大阪市出身。立命館大学卒業。松竹株式会社入社後、新作歌舞伎脚本懸賞に「浪華騒擾記」が入選。'86年、南座「新必殺仕事人　女因幡小僧」で脚本家デビュー。以後、江科利夫、岡本さとるの筆名で、劇場勤務、演劇製作の傍ら脚本を執筆する。'92年、松竹退社。フリーとなり、脚本、演出を手がける。2010年、小説家デビュー。以来、「取次屋栄三」「剣客太平記」「居酒屋お夏」など人気シリーズを次々上梓。

駕籠屋《かごや》春秋《しゅんじゅう》 新三《しんざ》と太十《たじゅう》

岡本《おかもと》さとる

2021年1月15日第1刷発行

講談社文庫

定価はカバーに
表示してあります

発行者——渡瀬昌彦
発行所——株式会社　講談社
東京都文京区音羽2-12-21　〒112-8001
電話　出版（03）5395-3510
　　　販売（03）5395-5817
　　　業務（03）5395-3615

Printed in Japan

デザイン—菊地信義
本文データ制作—講談社デジタル製作
印刷———中央精版印刷株式会社
製本———中央精版印刷株式会社

落丁本・乱丁本は購入書店名を明記のうえ、小社業務あてにお送りください。送料は小社負担にてお取替えします。なお、この本の内容についてのお問い合わせは講談社文庫あてにお願いいたします。

ISBN978-4-06-522133-4

講談社文庫刊行の辞

二十一世紀の到来を目睫に望みながら、われわれはいま、人類史上かつて例を見ない巨大な転換期をむかえようとしている。

世界も、日本も、激動の予兆に対する期待とおののきを内に蔵して、未知の時代に歩み入ろうとしている。このときにあたり、創業の人野間清治の「ナショナル・エデュケイター」への志を現代に甦らせようと意図して、われわれはここに古今の文芸作品はいうまでもなく、ひろく人文・社会・自然の諸科学から東西の名著を網羅する、新しい綜合文庫の発刊を決意した。

激動の転換期はまた断絶の時代である。われわれは戦後二十五年間の出版文化のありかたへの深い反省をこめて、この断絶の時代にあえて人間的な持続を求めようとする。いたずらに浮薄な商業主義のあだ花を追い求めることなく、長期にわたって良書に生命をあたえようとつとめるところにしか、今後の出版文化の真の繁栄はあり得ないと信じるからである。

同時にわれわれはこの綜合文庫の刊行を通じて、人文・社会・自然の諸科学が、結局人間の学にほかならないことを立証しようと願っている。かつて知識とは、「汝自身を知る」ことにつきていた。現代社会の瑣末な情報の氾濫のなかから、力強い知識の源泉を掘り起し、技術文明のただなかに、生きた人間の姿を復活させること。それこそわれわれの切なる希求である。

われわれは権威に盲従せず、俗流に媚びることなく、渾然一体となって日本の「草の根」をかたちづくる若く新しい世代の人々に、心をこめてこの新しい綜合文庫をおくり届けたい。それは知識の泉であるとともに感受性のふるさとであり、もっとも有機的に組織され、社会に開かれた万人のための大学をめざしている。大方の支援と協力を衷心より切望してやまない。

一九七一年七月

野間省一